JN412422

꾸불꾸불 남한강, 한강에 이르다

꾸불꾸불 남한강, 한강에 이르다

초판 1쇄 발행 2016년 2월 26일
초판 2쇄 발행 2016년 12월 16일

지은이 유명은
그린이 김문주
감 수 안동희

펴낸이 정백현
펴낸곳 아롬주니어
편 집 노지선
마케팅 서정원
관 리 김경옥
디자인,제작 디자인원(031.941.0991)

출판등록번호 제 406-2006-000051호
주 소 경기도 파주시 직지길 412번지
서울특별시 마포구 월드컵북로 162-4 1층 (편집부)
전 화 031.932.6777(본사) 02.326.4200 (편집부)
팩 스 02.336.6738
이메일 arommd@hanmail.net
홈페이지 www.arommedia.com

ISBN 978-89-93179-58-3 74810
978-89-93179-48-4 (세트)

이 도서의 국립중앙도서관 출판시도서목록(CIP)은 서지정보유통지원시스템 홈페이지(http://seoji.nl.go.kr)와
국가자료공동목록시스템(http://www.nl.go.kr/kolisnet)에서 이용하실 수 있습니다.(CIP제어번호: CIP2016003622)

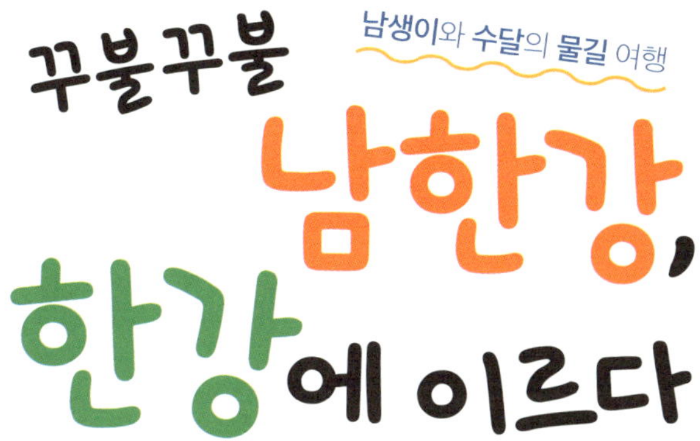

유명은 글 | **김문주** 그림 | **안동희** 감수

아름주니어

추천의 글

〈꾸불꾸불 남한강, 한강에 이르다〉는 주인공 수달과 남생이가 남한강 물길을 여행하면서 경험하게 되는 '자연생태'와 '문화' 그리고 '역사' 이야기입니다.

대한민국의 자랑거리인 한강은 남한강과 북한강 두 물줄기가 만나서 이루어집니다. 남한강은 태백시 대덕산 금대봉 아래 검룡소에서 시작되며 한강의 발원지이기도 합니다.

꾸불꾸불 흘러내린 남한강은 394km를 달려 양평의 두물머리에서 북한강과 만나 한강을 이루고 서해 바다로 흘러들어갑니다.

주인공 수달은 천연기념물 제330호이며 영리하고 호기심이 많은 동물로 무리들과도 잘 어울리는 동물입니다. 이 책에서 수달은 남생이와 함께 아름다운 남한강의 이곳저곳을 여러분에게 안내해줄 것입니다.

여러분은 아우라지에서 시작되는 수달과 남생이의 물길 여행을 통해 아름다운 동강의 자연환경과 천연기념물, 동강할미꽃과 깎아지른 뼝대 위에 세워진 하늘벽유리다리를 만나볼 수 있습니다.

수달과 남생이는 꾸불꾸불 남한강 물길을 따라가며 정선의 도담삼봉과 온달산성에 얽힌 전설을, 영월의 청령포에서는 단종임금에 대한 슬픈 역사를 들려줍니다.

충주댐 건설로 충주호가 생기면서 수몰을 피해 청풍의 문화재단지로 옮겨진 문화재들의 사연도 알 수 있으며, 우륵의 탄금대와 신립 장군의 임진왜란 이야기며 달천의 물맛과 유래를 알아볼 수 있습니다.

여강이라고도 부르는 여주에서는 세물머리와 강천섬의 표범장지뱀을 만나고, 흔암리 선사시대 유적지와 강천보를 지나면 신륵사의 전설과 황포돛배, 세종대왕과 효종대왕, 명성황후도 만나게 됩니다.

〈꾸불꾸불 남한강, 한강에 이르다〉는 남한강의 발원지 검룡소부터 한강이 시작되는 두물머리에 이르기까지, 남한강의 아름다운 자연생태와 문화, 역사 이야기를 물줄기를 따라 가며 생생하고 알기 쉽게 설명해줍니다.

이 책은 가족들과 함께 남한강을 여행할 때도 좋은 안내서가 될 수 있습니다. 이 책의 물길지도를 따라 생태 · 문화 · 역사를 함께 아우르며 남한강 물길을 여행하다보면, 아이들뿐만 아니라 어른들도 생태적 감수성과 역사와 문화에 대한 지식을 기르는 데 도움이 될 것입니다.

안동희(여주문화원 사무국장, (전)여주의제21 사무국장)

머리글

여주를 지나가는 남한강을 여주 사람들은 '여강'이라는 애칭으로 부릅니다. 그만큼 곁에 있는 강을 사랑한다는 뜻이겠지요.

여주에 살고 있는 나는 자주 여강길을 걸었습니다. 여강길을 찾는 사람들과 함께 여강길 코스를 걸으며 강과 이야기 나누고, 산에 올라 여강을 내려다보며 어린아이처럼 환호성을 지르기도 했습니다.

강길을 걷고 나면 나를 괴롭히던 일상들이 어느새 정돈되어 있고, 차갑게 치솟던 감정들이 부드러워지곤 했습니다. 말없이 흐르는 강은 바라만 보아도 고단한 삶을 치유하고 행복하게 하는 묘한 힘을 가졌습니다.

강을 옆에 두고 산다는 것은 참으로 커다란 복입니다.

유구한 세월 동안 흘러온 강은 그 자체가 역사의 숨길입니다. 우리의 역사이자 삶의 숨길인 강을 따라 가면서 사람들이 어떻게 살아가는지, 그 옛날 모습에서 어떻게 변화되어 왔는지 몹시 궁금했습니다. 여강이 아닌 다른 강가는 어떤 모습인지, 무엇이 있는지 무

척 보고 싶었습니다.

검룡소에서 팔당댐까지 물길 여행을 처음 접했을 때는, 설레기도 했지만 걱정이 더 많았습니다. 왜냐하면 나는, 나를 아는 모든 사람들이 인정하는 진정한 '길치'이기 때문이었습니다.

목적지는 분명 기억하는데 몇 번을 다닌 길임에도 목적지로 가는 길은 전혀 생각이 나지 않는 이상한 불치병이 내겐 있습니다.

그럼에도 물길 여행을 꼭 쓰고 싶었습니다. 강길을 따라 여행한다는 셀레임이 나를 더욱 자극 시켰습니다. 용기를 내어 책을 쓰기로 결심하자 곧 강길을 따라 여행을 떠났습니다.

강가를 걸으며, 때론 가파른 산에 올라 강의 모습을 내려다보면서 무척 행복했습니다. 점점 책을 쓸 수 있다는 자신감이 생겼습니다.

오랜 옛날부터 사람들은 강가를 터전으로 삶을 이어 나갔습니다. 강을 따라 수많은 숨결들이 오고 가고, 시절이 흐르는 동안 강은 역사가 되었습니다. 사람들의 삶은 곧 우리의 숨결이며 역사인 동시에 현재입니다.

우리 아이들에게도 삶의 터전이자 역사를 품고 있는 강의 모습을 보여 주고 싶었습니다. 강을 따라 여행하면서 보고 느꼈던 수많은 감정들을 나 혼자 품고 있기엔 너무 욕심인 것 같았습니다.

물길에 관한 이야기를 쓰기 시작하자 물길을 꿰뚫고 있는 여주문화원 사무국장 안동희 님이 귀한 자료를 마구마구 가져다주었습니다. 여기저기 헷갈려 할 때마다 조금이라도 잘 못 된 부분이 있을까 봐 본인이 더 노심초사, 아낌없이 질책(?)하며 도움을 주었습니다.

여강 부분을 쓸 때엔 여강길 박희진 사무국장이 도움을 주었습니다. 몹시 감사합니다.

이 책을 위해 귀한 시간을 아낌없이 내주어 남한강 길에 동참해 준 아롬미디어에도 감사의 말을 전합니다.

강원도 검룡소에서 샘솟는 물이 어떻게 강물이 되는지, 그 물이 어떠한 경유를 거쳐 우리가 마시는 물이 되는 되는지, 각 지역을 흐르는 강물이 어떠한 역사를 기억하고 있는지 이 책을 읽고 나면 모든 궁금증이 풀릴 것입니다.

남생이와 수달의 귀여운 여행길에 동참하면서 모두 즐겁고 행복하기를 바랍니다.

이 책은 안동희 님의 감수가 없었다면 세상에 나오지 못했을 것입니다. 안동희 님께 기꺼이 이 책을 바칩니다.

글쓴이 유명은

차례

남한강의 발원지 검룡소

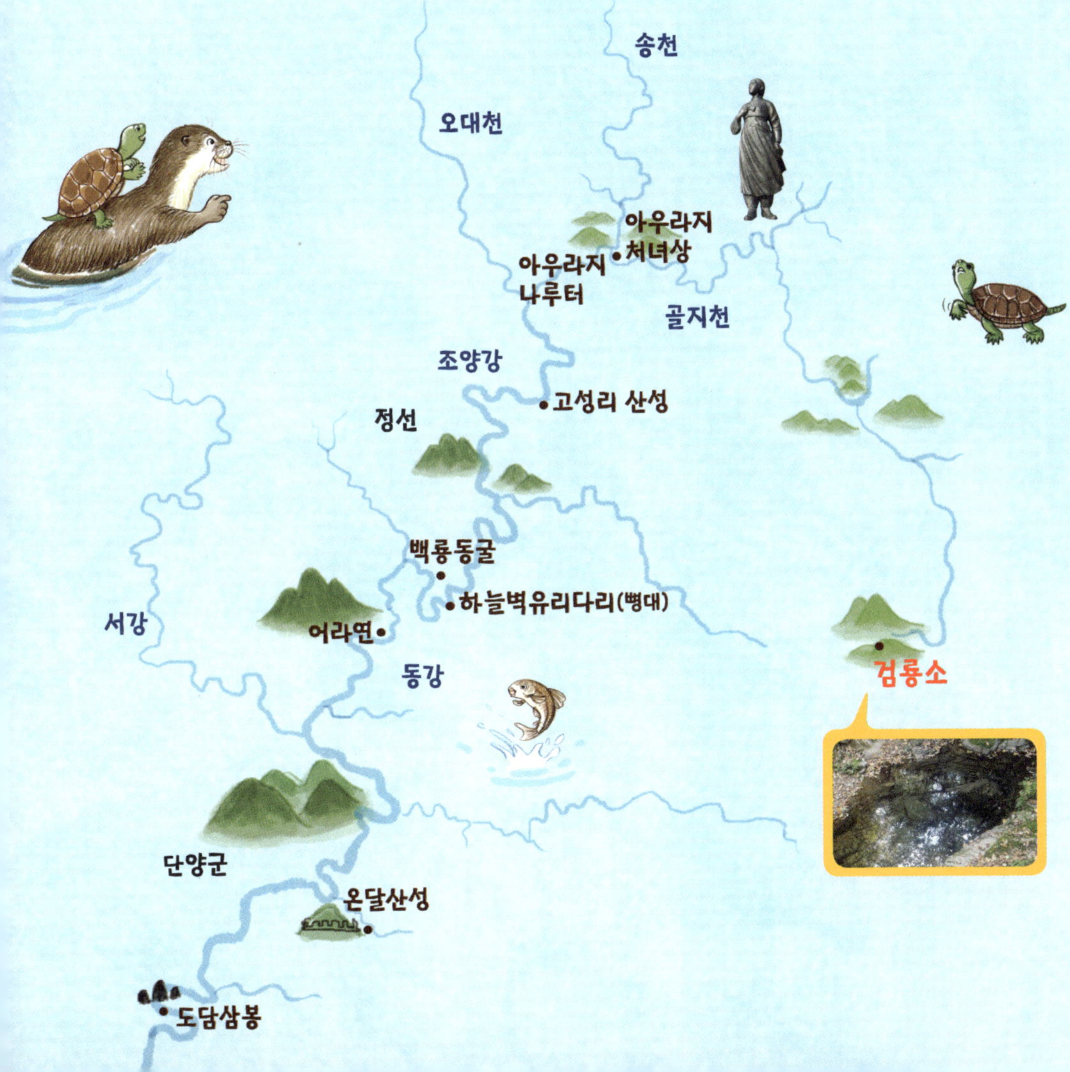

송천
오대천
아우라지 처녀상
아우라지 나루터
골지천
조양강
고성리 산성
정선
백룡동굴
하늘벽유리다리(뼝대)
서강
어라연
동강
검룡소
단양군
온달산성
도담삼봉

햇볕이 나른한 날입니다. 남생이는 물속에서 놀다가 지루해지자 강가 조약돌 위로 올라왔습니다. 언제 보아도 아우라지 주변 경치는 아름답습니다. 소나무 숲에서 불어오는 바람도 무척 시원했습니다.

소나무 숲 앞에서 댕기머리를 곱게 드리운 채 조약돌이 깔린 아우라지 강변을 하염없이 바라보고 서 있는 아우라지 처녀 동상이 남생이를 보고 반갑게 말을 걸었습니다.

"남생이야, 안녕?"

"아가씨도 잘 있었어요? 햇살이 무척 좋아요."

"그렇구나."

아우라지 처녀 동상이 눈빛을 반짝이며 남생이를 바라보았습니다. 따스한 햇살이 아우라지 처녀 동상 주위에 노랗게 내려앉았습니다. 어디선가 삐꾹, 삐꾹 소리가 들렸습니다. 남생이는 주위를 살펴보았습니다.

"저 소리는 삐꾸기가 노래 부르는 소리야. 삐꾸기는 내 뒤에 있는 나무 위에서 쉬었다 가기도 해. 사람들이 없을 때면 아주 가끔 내 어깨에 내려 앉아 쉬기도 하는 걸."

그때 나무 위에서 노래하던 새가 남생이에게 날아왔습니다. 남생이는 자기를 잡으러 온 줄 알고 깜짝 놀랐어요.

"놀라지 마. 나는 너를 해치려고 온 게 아니야. 너랑 이야기를 하고 싶어서 온 거야. 아우라지 아가씨도 안녕?"

삐꾸기는 아우라지 처녀 어깨 위에 앉아 반갑게 인사했습니다.

"삐꾸기야, 안녕?"

아우라지 처녀도 반갑게 삐꾸기와 인사를 나누었습니다.

"나를 잡아 먹으려고 온 게 아니라니 다행이다."

놀란 가슴을 진정시키며 남생이가 숨을 크게 들이마셨다가 내쉬었습니다.

“나는 뻐꾸기란다. 뻐꾹, 뻐꾹 소리를 낸다고 해서 사람들이 그렇게 불러.”

“아하! 아까 뻐꾹, 뻐꾹 울던 새가 바로 너구나.”

“맞아. 근데 너는 여기에 사는 모양이구나. 이곳에 올 때마다 너를 자주 봤어.”

"남생이는 이곳에 살아. 가끔 이렇게 강 밖으로 놀러 와서 나와 이야기를 나누곤 해."

아우라지 처녀가 뻐꾸기에게 말해주었습니다.

"뻐꾸기야, 너는 이곳에 살지 않니?"

"응, 내가 태어난 곳은 검룡소가 있는 숲속인데 이곳저곳을 여행하면서 살고 있지."

"그렇구나. 여행을 다닐 수 있다니 참 부럽다. 나는 이곳에서 한 발자국도 움직일 수가 없어."

아우라지 처녀가 부러운 목소리로 말했습니다.

"검룡소? 검룡소는 어디에 있는 거야?"

남생이의 눈빛이 호기심에 가득 차 반짝거렸습니다.

"검룡소는 태백산 줄기에 있는데 한강의 발원지야."

"발원지라면 한강물이 시작되는 곳이라는 거야?"

"그렇지. 제법 똑똑한 친구네."

뻐꾸기가 흡족한 듯 뻐꾹, 뻐꾹 노래했습니다.

"뻐꾸기야, 그곳이 어떤 곳인지 이야기해 줄 수 있어? 나는 아우라지 강가에서만 살아서 다른 곳이 무척 궁금해."

"나도 이곳에서만 서 있어서 바깥소식이 무척 궁금하단

다. 가끔 남생이가 이야기를 해 주지만 남생이도 아우라지 외에 다른 곳은 잘 몰라."

아우라지 처녀 동상이 말했습니다.

"맞아. 그러니까 빼꾸기 네가 이야기해주면 참 좋겠어."

빼꾸기가 의기양양하게 날개를 털었습니다.

"그럴까? 그럼 내가 얘기해 줄게. 한강의 발원지가 바로 검룡소라고 아까 말했지? 한강의 물이 시작되는 검룡소는 태백산에 있는데 바위로 둘러싸인 곳에서 늘 같은 온도를 유지하는 물이 끊임없이 솟아올라. 그 물이 계곡물이 되어 흘러내리면서 한강으로 가는 거야."

"우와, 신기하다. 땅속에 숨어 있던 물이 산에서 바위틈으로 나온다는 거네. 그곳에서 나오는 물이 흘러서 냇물도 되고 강물도 되는 거야?"

"그렇지. 남생이는 역시 똑똑해."

"그런데 왜 검룡소라고 해?"

아우라지 처녀가 궁금한 목소리로 물었습니다.

"그건 말이지, 너희들 용 알아? 옛날에 물이 솟아 나오는 굴에서 사람들이 신성하게 여기는 용이 살았대. 검은 용이 살았던 곳이라서 검룡소라고 한다더라고."

"굴속에 용이 살았다고?"

"응, 사람들이 신성하게 여기는 검은 용이 그 물을 마시면서 살고 있기 때문에 태백산 천제단에서 제사를 지낼 때는 꼭 그 물을 사용한다고 해. 마음 나쁜 사람이 마시면 물빛이 흐려진다는 전설도 있단다. 검룡소 물이 계곡을 타고 폭포처럼 흐르는데 무척 멋있어."

"그렇구나. 여행을 자주 다니는 네가 부럽다."

남생이와 아우라지 처녀가 동시에 한숨을 쉬었습니다.

"부러워만 하지 말고 남생이 너도 여행을 떠나봐."

"내가? 그럴 수 있을까?"

"그럼. 너는 물속도 다닐 수 있고 땅에도 있을 수 있잖아. 그러니 물길 따라 여행을 다녀 보는 거야. 어때, 괜찮지 않아?"

"그래, 그거 참 좋은 생각이다. 나는 동상이라 이 자리에서 꼼짝 할 수가 없지만 남생이 너는 물길을 따라 여행하면 되겠다."

"정말? 그럼 나도 여행을 떠나볼까? 빼꾸기야, 고마워.

너는 이제 어디로 갈 거니?"

"나는 이곳을 좀 더 둘러본 다음에 어디로 갈지 정할 거야. 남생이야, 너는 이곳에서 오래 살았으니까 여행을 떠나기 전에 이곳이 어떤 곳인지 이야기해 줄래?"

"알았어. 너도 검룡소에 대해 이야기해 주었으니 나도 너에게 이곳을 소개해 줄게."

검룡소

검룡소는 1987년 국립지리원이 공식 인정한 한강의 발원지이다. 강원도 대덕산과 함백산 사이에 있는 해발 1481m 금대봉 자락에 있는 연못이다. 둘레는 약 20m이고, 깊이는 알 수 없다. 1억 5000만 년 전 백악기 시대에 형성된 석회암 동굴의 연못으로, 9℃의 지하수가 석회암반을 뚫고 끊임없이 솟아나와 폭포를 만들었다. 오랜 세월 동안 흐른 물줄기로 인해 바위마저 구불구불하게 패여 있어 신비롭다.

• 검룡소
물이 솟아나오는 곳이 막힐 수 있기 때문에 동전 등을 던져 넣으면 안 된다.

남생이

냇가나 연못에 서식하며 땅거북과의 거북류에 속한다. 그 중에서도 20~25㎝ 정도의 비교적 작은 종류이다. 4개의 발에는 5개의 발가락이 있으며, 발가락 사이에 물갈퀴가 있고, 다리는 넓은 비늘로 덮여 있다. 민물에서 풀, 물고기, 갑각류 등을 먹는다.

• 검룡소에서 흐르는 계곡 물

남한강의 시작 아우라지

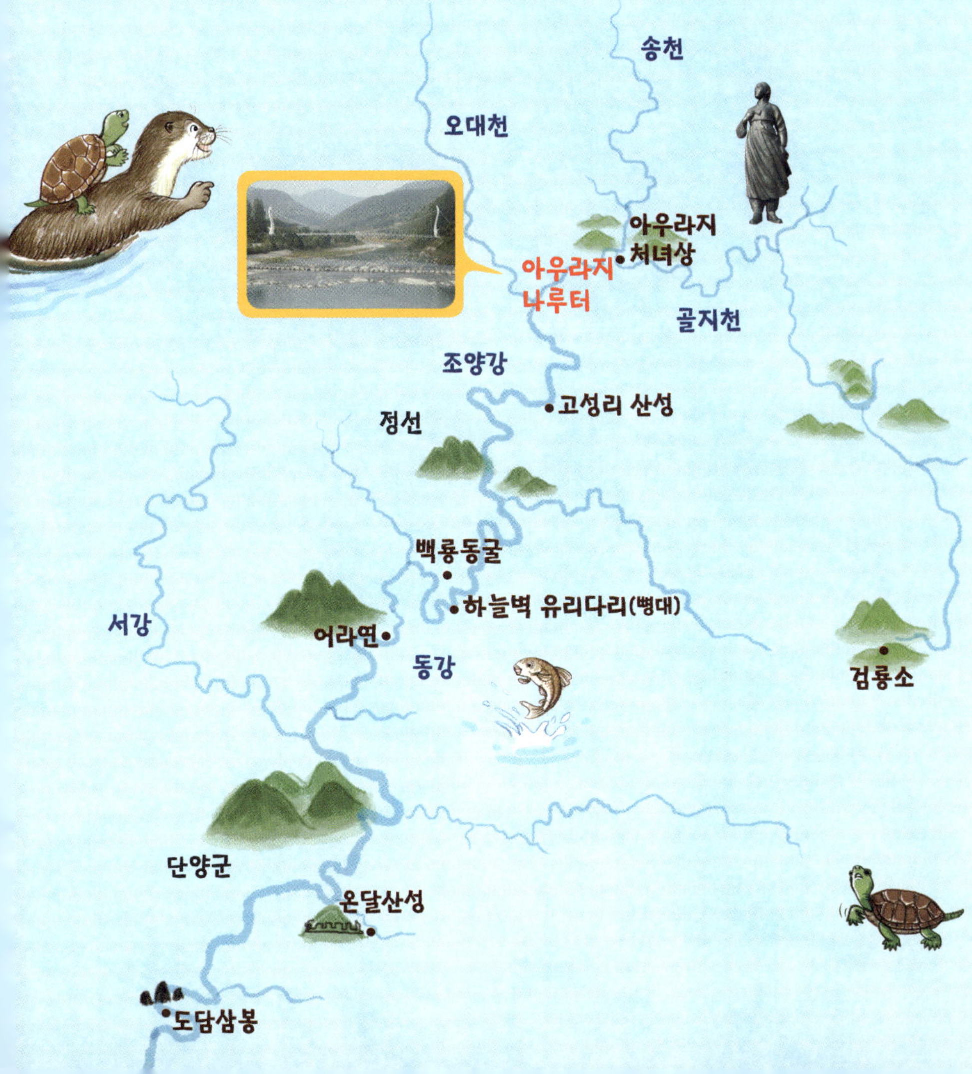

송천

오대천

아우라지
처녀상

아우라지
나루터

골지천

조양강

고성리 산성

정선

백룡동굴

하늘벽 유리다리(뼝대)

서강

어라연

동강

검룡소

단양군

온달산성

도담삼봉

남생이는 아우라지 처녀 동상의 어깨에 앉아 있는 뻐꾸기를 바라보며 이야기를 시작했습니다.

"여기는 아우라지라는 곳이야. 천이 냇가를 말한다는 것은 알고 있지? 송천과 골지천이 이곳에서 만나 어우러진다고 해서 아우라지라고 해. 냇물이 흐르다가 이곳에서부터 강이 되는 거야. 그러니까 아우라지부터는 냇물이 아니고 강물이 되는 거지. 여름에 비가 내릴 때 송천에서 나오는 물이 많으면 홍수가 나고 골지천 쪽 물이 많으면 장마가 그친다는 얘기가 전해져."

"그렇구나. 그런데 이곳으로 오다 보니까 사람들이 농사를 지으면서 노래를 흥얼흥얼 부르던데 그 노래는 뭐야?"

"응, 정선아리랑을 말하는구나. 여긴 정선아리랑 노랫가락으로 무척 유명해. '눈이 올라나 비가 올라나 억수장마 질라나, 만수산 검은 구름이 막 모여든다.'라는 가사가 유명하지. 빼꾸기야, 내 뒤에 보면 아우라지비가 있는데 무언가 적혀 있을 거야. 그것도 노랫말이란다."

아우라지 처녀상의 말에 빼꾸기가 아우라지 노래비를 보았습니다. 아우라지 노래비에는 정선아라리 노랫말이 적혀 있었습니다.

정선아라리

아우라지 뱃사공아 배 좀 건네주게
싸리골 올동박*이 다 떨어진다
떨어진 동박은 낙엽에나 쌓이지
잠시 잠깐 님 그리워 나는 못 살겠네

---

*올동박 : 생강나무의 강원도 방언. 열매는 기름을 짜는 데 쓰인다.

"저 노래는 왜 생겼어? 사람들이 저 노래를 왜 그렇게 좋아하는 거야?"

빼꾸기의 물음에 아우라지 처녀상이 슬픈 표정을 지었습니다. 남생이는 아무런 말도 하지 않고 딴 곳을 바라보았습니다. 궁금해진 빼꾸기가 다시 물었습니다.

"무슨 사연이 있나 보구나. 듣고 싶다."

아우라지 처녀가 한숨을 쉬며 말했습니다.

"아주 오래전, 나는 여량리에 살았고, 나와 사랑하는 사이였던 남자는 아우라지 건너 유천리에 살았단다. 우리는 싸리골로 동박을 따러 가기로 약속했는데 밤사이에 비가 많이 내렸어. 강물이 너무 불어나서 나룻배가 그만 물살에 떠내려가고 말았단다. 강을 건네 줄 배가 없으니 만날 수가 없었지. 강을 사이에 두고 서로 안타깝게 바라볼 수밖에 없었단다. 그런데 이후에도 장마가 오래도록 계속 되었고 결국 우리는 만나지 못했어. 당시 아우라지 뱃사공이 그때의 슬픈 심정을 담아 부른 노래야. 그것이 정선아라리로 된 것이지."

"그랬구나. 그렇게 슬픈 사연이 있는지 몰랐네. 미안해."

빼꾸기가 진심으로 미안해했습니다.

“옛날에는 이곳에서 배가 뒤집혀 사람들이 목숨을 잃는 경우가 많았어. 그런데 아우라지 아가씨가 여기에 서 있는 다음부터는 그런 사고가 나지 않아. 아가씨가 지켜주기 때문이야.”

남생이의 말에 아우라지 처녀가 조용히 미소 지었습니다.

“옛날에는 강폭이 넓어지는 이곳에서부터 뗏목으로 물길을 따라 서울까지 목재를 운반했대. 아우라지에 물이 줄어드는 늦가을부터 초봄까지는 지금도 통나무와 솔가지로 얼기설기 만든 섶다리를 놓고 건너다녀. 참 재밌지?”

“그렇구나. 강이 시작되는 곳이기도 하고, 뗏목이 다니던 역사가 깊은 곳이네. 남생이와 아가씨, 너무 반갑고 고마웠어. 햇볕이 점점 뜨거워지니 나도 이제 숲속으로 들어가 쉬어야겠어.”

빼꾸기가 하품을 하며 말했습니다.

“반가웠어, 빼꾸기야. 자주 와서 이야기해줘.”

아우라지 처녀가 인사했습니다.

“나도 이제부터 여행 떠날 준비를 해야겠어. 고맙다, 빼꾸기야. 내가 없는 동안 네가 아가씨 친구가 되어줘. 여행 다녀와서 다시 만나자."

"그래, 잘 다녀와."

빼꾸기가 숲속으로 날아갔습니다. 아우라지 아가씨는 빼꾸기가 떠나자 조금 서운했지만 참을 수 있었습니다. 빼꾸기는 또다시 놀러 올 테니까요.

"아가씨, 나도 이제부터 남한강 물길을 따라 세상 구경을 다녀오려고 해요. 다녀와서 아가씨에게 재미있는 이야기 많이 해 줄게요. 그동안 빼꾸기가 아가씨 친구가 되어줄 거예요."

"고맙다, 남생아. 나도 너처럼 자유로웠다면 여기저기 마음껏 세상 구경을 다녔을 텐데. 그렇지만 어쩌겠니. 나는 이곳을 지켜야 하는 몸인 걸. 네가 여행 다녀올 동안 기다리고 있을게. 다녀와서 재미있는 세상 이야기 많이 들려줘."

"네, 아가씨. 세상 구경 많이 하고 올게요."

아우라지 처녀에게 인사를 마친 남생이가 물을 향해 힘차게 갔습니다.

아우라지

산과 물이 아름다운 여량 8경의 한 곳으로, 강원도 무형문화재 제1호인 정선아리랑의 가사 유래지로 알려져 있다. 평창군 대관령면에서 발원된 송천과 삼척시 하장면에서 발원된 골지천이 합류되어 어우러진다 하여 아우라지라 불린다.

•아우라지

아우라지 처녀상

남한강이 시작되는 아우라지 두물머리에 세워진 동상이다. 아우라지는 강원도의 나무를 엮어서 만든 뗏목이 서울로 출발하던 곳으로 사랑하는 사람과 이별을 하던 곳이며, 강을 사이에 두고 사랑하는 사람을 만나지 못하는 사연이 아리랑 노래로 불려진 곳에 아우라지 처녀상이 서 있다.

•아우라지 처녀상

•아우라지 처녀상 맞은편 강가에 서 있는 총각상

정선아리랑

강원도 정선 지방에 전승되는 민요로 강원도 무형문화재[*] 제1호이다. 현지에서는 '아라리' 또는 '아라리타령'이라고도 한다. <정선아리랑>의 노랫말은 자그마치 700~800여 수나 된다고 한다. 전승되는 노랫말 중 대표적인 것은 다음과 같다.

눈이 올라나 비가 올라나 억수장마 질라나
만수산 검은 구름이 막 모여든다.
(후렴) 아리랑 아리랑 아라리요.
아리랑 고개로 나를 넘겨주소.

정선아리랑의 기원설화

고려 말엽 조선창업을 반대한 고려 유신 72명이 송도(개성) 두문동에 숨어 지냈다. 그 중 7명이 정선으로 은신처를 옮기고, 고려왕조에 대한 충절을 맹세하며 여생을 산나물을 뜯어먹고 살았다. 이들은 당시 고려왕조에 대한 흠모와 두고 온 가족과 고향에 대한 그리움, 외롭고 고달픈 심정 등을 한시로 지어 읊었다. 뒤에 세인들이 이를 풀이하여 부른 것이 <정선아리랑>의 기원이 되었다고 한다.

* **무형문화재** : 역사적, 예술적으로 가치가 있는 연구, 무용, 음악, 공예 등의 구체적인 형체가 없는 기술을 말한다. 이런 기술을 보유한 사람을 '중요 무형 문화재 보유자' 라고 한다.

아침 햇살처럼 눈부신 동강

송천
오대천
아우라지 처녀상
아우라지 나루터
골지천
조양강
고성리 산성
정선
백룡동굴
서강
어라연
하늘벽유리다리(뼝대)
동강
검룡소
단양군
온달산성
도담삼봉

깊은 잠을 자고 난 남생이는 당장 여행을 떠났습니다. 한참을 가다보니 물살이 햇살을 받아 반짝반짝 빛났습니다. 남생이는 '아침 햇살'이라는 예쁜 뜻의 조양강에서 햇볕을 마음껏 쬐다가 다시 길을 떠났습니다.

한참을 가다보니 갑자기 물이 깊어졌습니다. 물이 맑고 잔잔해서 얕아 보였는데 사실은 깊은 강이어서 남생이는 깜짝 놀랐습니다. 남생이는 얼른 강가로 올라갔습니다. 강가는 돌밭이 무척 넓고 풍경이 아름다워 남생이는 한동안 넋을 놓고 주변 경치를 구경했습니다. 주변은 산으로 둘러싸여 있어 하늘이 네모나게 보였습니다.

주변 구경을 마친 남생이는 맑은 물에서 헤엄치며 놀다가 수달을 만났습니다. 수달은 강물 위에서 하늘을 보고 누워 물장구를 치고 있었습니다. 남생이는 그 모습이 신기해서 수달을 툭 건드렸습니다. 수달이 놀라서 두 눈을 동그랗게 떴습니다.

"안녕? 나는 남생이라고 해."

남생이가 반갑게 인사했습니다.

"어? 네가 나를 친 거니? 나는 수달이야. 반가워."

수달은 사납게 굴지 않고 상냥하게 말했습니다.

"나는 아우라지에서 왔어. 물길 따라 여행 중이야."

"여행 중이라고? 우와, 재밌겠다."

"응, 막상 내가 살던 곳을 떠날 때는 조금 겁이 났는데 여행을 시작하고 나니까 기분이 좋아."

"그렇구나. 나도 여행 가고 싶다."

남생이와 수달은 금세 친구가 되었습니다.

"수달아, 그런데 여기는 어디니?"

"여기는 동강이라고 해. 살기 좋고 아름다운 곳이지. 동강에는 많은 동굴이 있는데, 확인된 동굴만도 256개나 있어. 그 중에 백룡동굴은 천연기념물* 제260호로 지정되어 있단다. 고씨동굴도 유명해."

수달이 자랑스러운 목소리로 말했습니다.

"우와, 동굴이 그렇게나 많아?"

"그럼. 그리고 우리 수달들은 맑은 물에서만 사는 거 알지? 이곳 동강은 물이 맑아서 어름치 · 쉬리 · 버들치도 살아. 그런 물고기들도 맑은 물에서만 산단다. 주변을 둘러보면 산이 높고 나무들이 울창하잖아. 그래서 새들도 많아."

"그렇구나. 나도 뻐꾸기는 잘 알아."

"뻐꾸기도 있지만 원앙 · 황조롱이 · 솔부엉이 · 소쩍새 · 비오리 · 흰꼬리독수리를 비롯해서 보기 드문 새들도 있어. '까막딱따구리'의 서식지도 이곳에 있단다."

"수달아, 너는 참 좋겠다. 친구들이 많아서."

"그래, 참 좋은 곳이야. 아참, 또 있다. 동강에는 동강할미꽃이 아주 유명해. 저기 절벽에 있는 보라색 꽃이 보이니?"

수달이 고개를 빼고 깎아지른 듯 한 절벽을 가리켰습니

***천연기념물** : 학술 및 관상학적 가치가 높아 법률로써 관리와 보존을 지정한 동물(서식지·번식지), 식물(자생지), 지질, 광물과 그 밖의 천연물을 말한다.

다. 절벽에는 보라색 꽃이 무리지어 피어 있었습니다.

"어디? 아, 저기? 하늘을 향해 피어 있는 꽃?"

"그래, 저 꽃이 바로 동강에서만 유일하게 피는 동강할미꽃이야. 동강할미꽃은 동강의 험한 절벽에서만 자생하는 꽃인데 동강의 대표적 야생화야."

"일반 할미꽃하고 달라 보이는데?"

"응. 일반 할미꽃은 고개를 숙이고 있는데 동강할미꽃은 하늘을 향하고 있어. 그러다가 시간이 지나면 옆을 보고 있지. 워낙 험하고 메마른 곳에서 자라다보니까 수분을 조금이라도 더 흡수하려고 잔털도 많아."

절벽에서 자라는 할미꽃을 보니 예쁘긴 하지만 애처롭기도 하고 경이롭다는 생각도 들었습니다.

"이곳은 자랑할 것이 참 많아. 구불구불한 동강의 물줄기와 깎아 놓은 듯 한 기암절벽도 신기하고 멋지지 않니?"

수달은 신이 나서 이야기를 멈추지 않았습니다. 그때 남생이와 수달 옆으로 새 한 마리가 날아왔습니다.

"비오리야, 안녕? 이 친구는 남생이야."

수달이 반갑게 인사하며 남생이를 소개했습니다. 가느다

랗고 긴 붉은 부리의 끝이 갈퀴처럼 구부러진 비오리가 날개를 접고 반갑게 인사했습니다.

"안녕? 반가워. 나는 저 산 위에 있는 하늘벽유리다리 아래 사는 비오리야."

비오리가 절벽 위 산을 가리켰습니다.

"저렇게 높은 곳에 다리가 있다고?"

남생이와 수달이 고개를 길게 빼고 올려다보았지만 너무 높아서 잘 보이지 않았습니다.

"너무 높아서 안 보이겠지만 저 높은 산 위에 유리로 만든 다리가 있어. 이곳 사람들은 깎아지른 절벽을 뼝대라고 부르는데 바로 저 뼝대 위에 있지."

"하늘벽유리다리?"

"응. 하늘벽이란 뼝대가 하늘처럼 높다는 뜻이고, 유리다리는 절벽과 절벽이 벌어진 틈 위에 놓은 거야."

"어휴, 무섭겠다."

"하늘벽유리다리에서 내려다보면 높은 산들 사이로 구불구불 흐르는 강물과 넓은 모래톱이 있는 동강의 모습을 한눈에 볼 수 있지. 정말 말로 표현할 수 없을 정도로 황홀하단다."

"비오리 너는 좋겠다. 그런 모습을 내려다 볼 수 있으니. 우리는 물속에만 있으니까 그림 같은 풍경을 볼 수가 없어."

남생이와 수달이 아쉬운 표정을 지었습니다.

"나는 원래 겨울에만 이곳을 찾아왔는데 이곳이 너무 아름답고 좋아서 떠나지 않고 계속 이곳에서 살고 있어."

비오리는 겨울에만 우리나라를 찾아오는 철새였습니다. 하지만 1990년 대 이후 어느 해부터인가 동강에 둥지를 틀고 터전으로 삼아 살고 있는 새입니다. 자연이 훼손되지 않고 있는 그대로의 모습을 잘 간직한 동강이 비오리는 좋았나 봅니다.

"이곳이 왜 그렇게 좋아? 수달도 이곳을 무척 좋아하는 것 같아."

"응, 이곳은 사람들에 의해 훼손되지 않고 자연 그대로의 모습을 간직하고 있잖아. 우리들이 좋아하는 갈겨니와 모래무지, 어름치와 산천어도 충분해. 우리 아이들을 노리는 수리부엉이만 조심하면 무척 살기 좋은 곳이지."

비오리는 물속을 자유자재로 헤엄치며 물고기를 사냥하

는 새입니다.

“그렇구나. 이곳이 오래도록 이 모습을 간직했으면 좋겠다.”

“응, 그런데 사람들이 레프팅을 하러 점점 많이 찾아오기 때문에 물이 더러워지면 우리도 언젠가는 떠나야 할지도 몰라.”

“맞아, 맞아. 그래서 우리들도 낮에는 활동을 하지 못하고 밤에만 먹이를 구해. 사람들이 많이 올수록 물도 더 흐려질 거야. 그럼 우리 수달도 살 수 없어. 수달은 맑은 물에서만 살 수 있거든.”

수달이 슬픈 목소리로 말했습니다.

“에휴, 너희들이 마음 놓고 살았으면 좋겠다. 하지만 걱정하지 마. 아름다운 동강의 모습을 유지하기 위해 사람들도 분명 노력하고 있을 거야.”

“그렇겠지? 그러리라고 믿어.”

수달과 비오리가 활짝 웃었습니다. 검은 등깃털이 반짝반짝 빛나는 비오리의 모습은 무척 아름다웠습니다.

“나는 새끼들에게 먹일 물고기를 잡으러 물속으로 들어

가야 해. 만나서 반가웠어."

비오리가 아쉬움을 남긴 채 검은 등깃털을 세우며 물속으로 들어갔습니다. 남생이와 수달은 비오리와 헤어지고 함께 길을 떠났습니다.

"남생이야, 우리는 새처럼 하늘을 날 수는 없지만 물속을 마음대로 여행할 수 있잖아. 우리 동강 아래쪽으로 내려가서 놀까? 내가 좋은 곳으로 안내할게."

수달은 남생이를 데리고 어라연으로 갔습니다. 어라연은 동강에서도 가장 경치가 뛰어난 곳입니다.

•어라연

"여기는 이 일대가 마치 반짝거리는 물고기 비늘로 덮인 연못과 같다고 해서 어라연이라고 해. 어때, 멋지지?"

"수달아, 너는 정말 좋겠다. 물이 맑고 경치도 좋은데다 친구들도 많으니 부럽다."

"하지만 나도 이곳을 한 번도 떠나지 않아서 다른 곳이 어떤

지 몰라. 나도 너처럼 여행하고 싶어."

"그러면 너도 이번 기회에 나랑 같이 물줄기를 따라 남한강을 여행하는 게 어때? 마침 나도 혼자라 심심했는데."

"여행? 그럴까? 그럼 우리 여기서 쉬었다가 잠시 후에 함께 떠나자."

수달은 남생이의 제안을 흔쾌히 받아들였습니다. 남생이와 수달은 어라연의 수려한 경치를 감상하면서 잠시 쉬다가 함께 여행을 떠났습니다. 수달은 물 맑고 경치 좋은 동강을 떠나는 것이 아쉬웠지만 여행을 마치고 다시 돌아올 것이기에 마음이 편했습니다. 한편으로는 남생이와 함께 미지의 세계로 떠나는 여행이 즐겁기만 했습니다.

수달은 헤엄을 치면서 남생이에게 청령포에 대한 이야기를 해주었습니다.

"남생이야, 조금만 더 가면 영월 청령포라는 곳이 있는데 무척 슬픈 곳이야."

"왜?"

남생이가 호기심을 가득 담은 목소리로 물었습니다.

"청령포는 삼촌인 세조에게 왕위를 빼앗긴 단종이 유배

를 온 곳이야. 산 전체를 강물이 휘돌아 섬처럼 세상과 단절된 곳이지. 단종은 그곳에서 결국 어린 나이에 사약을 마시고 죽었거든."

남생이가 슬픈 표정을 지었습니다.

"청령포에는 관음송이라는 큰 소나무가 있단다. 관음송은 하나의 나무면서 둘로 갈라졌는데, 단종은 매일 갈라진 곳에 걸터앉아 슬픔을 달랬다고 해."

관음송은 단종의 비참한 모습을 지켜보고, 슬픈 목소리를 들었다 해서 관음송이라고 이름 지었습니다. 관음송은 나라에 큰 변고가 있을 때마다 껍질이 검은색으로 변한다고 합니다.

"정말 슬픈 이야기네."

남생이와 수달은 잠시 단종의 비극을 생각하면서 말없이 헤엄쳐 갔습니다. 청령포에는 단종이 한양을 바라보며 슬픔에 잠겼던 노산대, 망향탑, 돌무더기 등이 남아 있는 매우 슬픈 역사의 장소입니다.

슬픈 역사를 고스란히 보아 온 소나무 관음송은 천연기념물 제349호입니다.

수달

수달은 족제비과에 속하는 동물로 우리나라에서는 북부 및 중부, 강릉, 지리산 등지에 서식하는 천연기념물 제330호이다. 수달은 몸통이 매우 길며 꼬리는 굵고 둥글다. 몸길이는 60~75㎝, 몸무게는 5~10㎏이다. 머리는 납작한 원형이며 코는 둥글고, 눈이 작고 귀는 짧으며 주름진 가죽에 덮여 있다.

백룡동굴

백룡동굴은 손때 묻지 않은 석회동굴의 원형을 고스란히 간직하고 있는 동강이 숨긴 비경이다. 강물 위 15m 지점, 강변 절벽 중간에 백룡동굴의 들머리가 놓여 있다. 1976년 주민들이 발견했고, 1979년 천연기념물로 지정되었다.

고성리 산성

강원도 기념물(강원도에 소재하고 있는 문화재) 제68호이다. 삼국 시대에 축조되어 대략 고려 시대까지 이용되었던 산성이다. 성 남쪽에 문터였던 것으로 보이는 출입구가 있고, 현재 출입구로 사용되는 곳에는 건물이 서 있었던 자리의 기단으로 보이는 돌들이 노출되어 있다. 해마다 고성리 주민들이 고성산성제를 지내고 있다.

•고성리 산성

청령포

•청령포

청령포는 명승* 제50호로 조선 제6대 임금인 단종(端宗)이 삼촌인 세조에게 왕위를 빼앗기고 노산군으로 강등 되어 유배되었던 곳이다. 워낙 지세가 험하고 강으로 둘러싸여 있어서 단종이 이곳을 육지 속의 섬인 '육지고도(陸地孤島)'라고 표현했다고 전한다. 청령포에는 단종이 그곳에 살았음을 말해주는 단묘유지비와 어가, 단종이 한양을 바라보며 그리움에 잠겼다고 전하는 노산대, 한양에 남겨진 정순왕후를 생각하며 쌓은 돌탑, 외부인의 접근을 금하기 위해 영조가 세웠다는 금표비가 있고 관음송(천연기념물 제349호)과 울창한 소나무 숲 등이 남아 있다. 단종이 17살의 어린 나이에 사약을 받고 숨진 슬픈 역사의 현장이다.

***명승** : 청학동의 소금강(명승 제1호), 영월의 어라연(명승 제14호)처럼 주위 환경이 아름다운 경관을 이루고 있는 곳을 국가가 법으로 지정한 곳이다.

물에 떠내려 온 도담삼봉

오대천

조양강

정선

백룡동굴

하늘벽 유리다리 (뼝대)

서강

어라연

동강

비내섬

충주시

단양군

온달산성

충주댐

청풍 문화재 단지

도담삼봉

탄금대 (열두대)

신립 장군 조각상

달천

충주호

그 다음날 남생이와 수달은 단양에 도착했습니다. 수달은 배 위에다 남생이를 올려놓고 하늘을 보며 둥실둥실 물길을 따라 움직였습니다. 그러다가 무언가에 쿵 부딪쳤습니다.

"아야, 이게 뭐야."

수달이 소리를 지르면서 몸을 뒤집는 바람에 남생이가 물속으로 떨어졌습니다.

"어? 강 한가운데 무슨 이렇게 큰 바위가 솟아 있지?"

바위에 부딪친 머리를 쓰다듬으며 수달이 중얼거렸습니다. 물속에서 머리를 내민 남생이도 바위를 올려다보았습니다.

“바위가 하나도 아니고 세 개나 있네? 수달아, 저기 좀 봐. 가운데 있는 바위는 무척 커. 어? 정자도 있네.”

“그러게. 동강에는 물속에 바위가 없는데 여기는 큰 바위가 있으니 신기하다.”

그때 누군가 물속에서 수달의 발을 툭툭 쳤습니다.

“앗, 이번엔 물속에서 또 누가 나를 치네. 누구야?”

수달이 물속으로 쑥 들어가자 물고기 한 마리가 주위를 뱅뱅 돌고 있었습니다.

“누구니, 넌?”

수달이 물었습니다.

“나는 참붕어라고 해. 너희들은 누구니? 이곳에서 처음 보는 것 같아서 내가 톡톡 친 거야.”

"그렇구나. 나는 동강에서 온 수달이고 얘는 내 친구 남생이야. 우리는 남한강 여행 중이란다. 그런데 그만 이곳에서 바위에 부딪쳤어."

"응, 이곳은 도담삼봉이라는 곳이야."

도담삼봉은 푸른 강물 한가운데에 우뚝 선 세 개의 섬으로 아름다운 경관을 이루고 있는 명승 제44호입니다.

조선왕조의 개국 공신인 정도전이 세 개의 바위섬 중에 중앙에 있는 가장 큰 바위에 정자를 짓고 가끔 찾아와 시를 지었습니다. 정도전은 자신의 호를 삼봉이라고 할 만큼 도담삼봉을 좋아했습니다.

"저 세 개의 바위 섬 때문에 삼봉이구나? 그런데 어떻게 강물에 저런 큰 바위섬이 있을 수가 있지?"

"삼봉에 관해 재밌는 이야기가 있어. 삼봉은 원래 강원도 정선군에 있던 삼봉산이 홍수 때 떠내려 와 지금의 도담삼봉이 되었다고 해. 정선군에 있다가 단양으로 떠내려 온 이후로 매년 단양에서는 정선군에 세금을 냈는데, 어린 소년 정도전이 '우리가 삼봉을 떠내려 오라 한 것도 아니고 오히려 삼봉이 물길을 막아 피해를 보고 있으니 세금을 낼

이유가 없습니다. 정선군이 필요하면 도로 가져가십시오.' 라고 한 뒤부터 세금을 내지 않게 되었대. 어린아이가 대단하지?"

"그러게 말이야. 그래서 어른이 되어서도 도담삼봉을 그렇게 좋아했구나. 그런데 참 신기하다."

남생이와 수달이 호들갑을 떨었습니다.

"경치가 참 멋지지? 여기서 조금만 더 가면 온달산성이라는 곳도 있어."

"온달산성? 그곳이 어떤 곳인지 이야기해 줄 수 있어?"

호기심 많은 남생이가 궁금해 했습니다.

"너희들 온달과 평강공주 이야기 알아?"

"바보 온달과 울보 평강공주?"

"어? 남생이가 잘 아는구나."

참붕어가 남생이를 칭찬했습니다.

"온달은 눈 먼 어머니를 봉양하며 사는 착한 아들인데 너무 착해서 사람들이 바보 온달이라고 불렀잖아. 그런데 평강공주는 울보라서 아버지인 왕이 공주가 울 때마다 '바보 온달한테 시집보낸다.'고 놀렸대. 그런데 공주가 결혼할

나이가 되어 다른 남자에게 시집보내려고 하자 평강공주는 임금이 어찌 한 입으로 두 말하냐면서 궁중을 나가서 온달에게 시집갔잖아. 맞지?"

남생이가 으쓱하며 말했습니다.

"그렇지. 온달에게 시집간 평강공주는 궁중에서 가지고 나온 패물을 팔아 눈 먼 시어머니와 온달을 극진하게 뒷바라지했어. 남편 온달에게는 공부와 무예를 배우도록 해서 장군으로 만들었단다. 중국의 북주라는 나라가 577년에 고구려를 침략하자 온달이 물리쳤어."

참붕어의 말에 수달이 물었습니다.

"그래서? 온달은 어떻게 됐어?"

"온달은 임금의 사위로 인정받고 고구려 장군이 되었어. 온달산성은 신라군의 침입을 막기 위해 온달 장군이 쌓은 거래. 그런데 그만 신라군과 싸우다 전사하고 말았어. 평강공주는 너무 슬펐을 거야."

"그렇구나. 바보 온달을 장군으로 만든 평강공주 이야기가 이곳 이야기인 줄은 몰랐네. 강물에 떠내려 온 삼봉도 그렇고, 멋진 곳이야."

수달과 남생이가 기쁜 목소리로 말했습니다.

온달산성은 삼국 시대 때 온달 장군이 쌓은 성으로 사적* 제264호로 지정되었습니다.

"참붕어야, 고맙다. 너 때문에 좋은 이야기 많이 들었어. 우리는 이 바위 아래서 잠깐 쉬다가 다시 여행을 떠나야겠어."

"즐거운 여행하길 바라. 다음에 또 만나자."

참붕어가 꼬리를 살랑살랑 흔들며 물살을 타고 내려갔습니다. 남생이와 수달은 삼봉 가운데 중앙에 있는 큰 바위섬 그늘에서 잠깐 낮잠을 잤습니다. 바람이 시원했습니다.

***사적** : 사적은 크게 6가지로 나누어지며 역사 · 학술 · 예술 · 관상(자연물이나 예술품 따위를 보고 즐김) 등 역사적으로 가치가 큰 유적을 국가가 법으로 지정하는 문화재로 경주 포석정(사적 제1호), 수원의 화성(사적 제3호) 등이 있다.

정도전

태조 이성계가 조선을 세울 때 핵심적인 역할을 했던 인물이다. 조선의 각종 제도의 개혁과 정비를 통해 조선왕조의 기틀을 다져놓았다. 본은 봉화 정 씨이며 호는 삼봉(三峰)이다.

온달

삼국사기 온달열전에 온달은 고구려 평원왕 때 사람으로 얼굴이 못생기고 집안이 매우 가난했다고 전한다. 나무껍질을 벗겨 팔기도 하고 밥을 얻어다 앞을 보지 못하는 어머니를 봉양했다고 한다. 사람들은 비록 '바보 온달'이라고 불렀지만 어머니를 극진히 모시는 효자로도 칭송했다. 고구려 평원왕의 사위로 평강공주와 결혼을 했다는 설화가 유명하다.

온달산성

사적 제264호로 고구려 평원왕의 사위 온달이 신라군의 침입 때 이 성을 쌓고 싸우다가 전사했다는 전설이 있는 옛 석성(石城)이다. 동·남·북 3문(門)과 수구(水口)가 지금도 남아 있다. 유물로는 토기 조각, 기와 조각, 숫돌, 철화살촉 등이 발견되었다.

•온달산성

온달동굴

천연기념물 제261호이다. 이 동굴은 온달산성이 있는 성산 기슭에 약 4억 5000만 년 전부터 생성된 것으로 추정된다. 온달 장군이 이곳에서 수련을 했다는 전설 때문에 온달동굴이라는 이름이 붙여졌다.

• 온달동굴

문화재들의 피난살이

오대천
조양강
정선
백룡동굴
하늘벽 유리다리 (뼝대)
어라연
서강
동강
단양군
온달산성
도담삼봉
청풍문화재 단지
비내섬
충주시
충주댐
탄금대 (열두대)
신립 장군 조각상
달천
충주호

남생이와 수달은 누가 이기나 시합을 하며 조선 시대 이전부터 나룻배가 다니던 청풍나루를 지났습니다.

"남생이야, 저 산을 봐. 꼭 너를 닮은 것 같아."

수달이 가리킨 곳을 보니 정말 남생이를 닮은 듯한 산이 있었습니다.

"어? 정말 나를 닮은 것 같네."

수달이 남생이를 닮았다고 한 산은 바로 구담봉이었습니다. 구담봉은 기암절벽이 거북을 닮았고 물속의 바위에 거북 무늬가 있다 하여 구담이라 합니다. 그 옆에는 옥순봉이 있는데 옥순봉은 희고 푸른 바위들이 마치 대나무 싹과 같다 하여 옥순봉이라 불립니다.

월악산 국립공원에 속해 있는 옥순봉은 제천과 단양 두 지역으로부터 사랑을 듬뿍 받고 있을 정도로 경관이 뛰어나게 아름다워 작은 금강산이라는 뜻의 소금강이라 부르기도 합니다.

수달과 남생이는 웅장한 산의 모습에 감탄하면서 계속 헤엄쳐 갔습니다. 한참을 가다보니 너무 힘이 들었습니다. 수달의 등에 올라타 있던 남생이가 말했습니다.

"수달아, 힘들지? 우리 여기서 잠깐 쉬었다 갈까?"

"그러자. 좀 쉬어야겠어."

수달과 남생이는 강기슭 그늘진 곳을 찾아 쉬었습니다. 그때 등 뒤 숲속에서 무언가 사각거리는 소리가 들렸습니다.

"아이, 깜짝이야. 다람쥐잖아?"

수달과 남생이가 합창하듯 말했습니다.

"어? 어떻게 내 이름을 알지?"

다람쥐가 입을 오물거리며 신기한 듯 말했습니다.

"어쨌든 반갑다, 다람쥐야."

"나도 반가워. 근데 너희들은 물속에서 뭐하고 놀아?"

"응, 수영도 하고, 물고기도 잡으면서 놀지."

"재밌겠다. 나는 물이 무서워서 산에서만 살아."

"그렇구나. 네가 사는 곳이 여기니?"

"아니야, 나는 청풍문화재단지 근처에 살아."

"청풍문화재단지? 그곳은 무엇 하는 곳이야?"

"이야기해줄까? 근데 수달아, 이야기 들려주기 전에 부탁이 하나 있어."

"뭔데?"

"아까 보니까 네 등 위에 남생이를 태우고 다니더라. 나는 물이 무서워서 한 번도 물 위를 다녀 본 적이 없어. 나도 네 등에 타고 잠깐만 물 위에 있어보고 싶어."

"그까짓 것쯤이야 언제라도 들어줄 수 있지. 그런데 무섭지 않겠어?"

수달이 자신 있게 말했습니다.

"괜찮아. 너만 좋다면 네 등에 타고 물 위를 다녀보고 싶어."

"그래? 얼른 타."

수달이 등을 대자 다람쥐가 폴짝 뛰어서 수달의 등에 올

라탔습니다. 그 옆에 남생이도 나란히 앉았습니다.

"자, 이제부터 헤엄칠 테니 다람쥐야 무서워하지 마."

수달은 다람쥐를 태우고 쏜살같이 물살을 갈랐습니다.

"야호, 신난다. 나도 드디어 물 위를 떠다닌다. 야호~"

다람쥐가 환호성을 질렀습니다. 수달의 등을 타고 물 위를 구경하던 다람쥐가 내렸습니다.

"수달아, 정말 고마워. 네 덕분에 물 위를 떠다녔어. 다른 다람쥐들에게 자랑할 거야. 너무 즐거웠어."

"즐거웠다니 다행이야. 이제 청풍문화재단지에 대해 이야기해 줄 거지?"

"이곳 청풍은 너희들도 봐서 알겠지만 경치가 아주 수려한 곳이야. 많은 문화 유적을 갖고 있었지만 충주댐을 건설하면서 마을과 함께 문화재가 수몰될 위기에 있었지. 당시의 수몰 지역에 있던 문화재와 유물, 집기 등을 옮겨와 전시해 놓은 곳이 바로 청풍문화재단지야."

"그럼 우리가 있는 곳이 바로 마을이 수몰된 곳이야?"

"안타깝지만 맞아. 하지만 마을을 이주시키면서 유물과 문화재를 옮겨 놓았으니 다행이지 뭐야."

"문화재단지에는 무엇이 있는데?"

역시 호기심 많은 남생이가 물었습니다.

"단지에는 향교, 관아, 민가 등 53점의 문화재를 옮겨 놓았어. 이곳에 있는 한벽루는 보물* 제528호고, 청풍 석조

•제천 후산리 고가

***보물** : 역사적 · 예술적 · 학술적 가치가 큰 유형 문화재로, 국가가 법적으로 지정한 문화재이다.

여래입상은 보물 제546호래."

"소중한 문화재들을 옮겨 놓았다니 보고 싶은걸."

연자방아

"더 있어. 옛날 살림집들과 연자방아, 밥주걱 같은 생활 도구들까지가 다 옮겨져 있어. 오랜 세월 동안 실제로 사용되던 것들이야. 살면서 생활에 쓰였던 물건들도 1,600점이나 전시되어 있단다."

"둘러보는 것도 무지하게 오래 걸리겠다, 그치? 그게 모두 수몰된 곳에서 나온 거야?"

유물전시관 안에 전시된 유물들

"맞아. 청풍문화재단지는 꽃밭과 꽃길도 무척 예쁘단다. 그래서인지 사람들이 늘 많이 찾아와. 가끔은 우리 같은 다람쥐에게 먹을 것도 주곤 한단다."

"우리도 보고 싶다. 하지만 사람들처럼 이곳저곳을 다닐 수 없으니 볼 수가 없네."

남생이가 아쉬운 듯 말했습니다.

“하지만 다람쥐가 다 말해줬잖아. 상상하면 되지. 상상하는 즐거움도 있잖아.”

수달이 남생이를 위로했습니다.

“맞아, 맞아. 다람쥐야, 고마워. 네 덕분에 이곳에 대해서도 잘 알게 되었어.”

“나도 너희들 덕분에 물 위를 다녀와서 너무 좋아. 너희들은 참 좋은 친구들이야.”

“우리가 돌아올 때 또 만났으면 좋겠다.”

남생이와 수달이 진심으로 말했습니다.

“참, 너희들 여행 중이라고 했지? 그런데 이곳은 충주댐으로 연결되어 있기 때문에 길이 막혀 있어. 충주댐 근처에 가면 무척 위험해. 죽을지도 몰라.”

충주댐은 콘트리트로 만들어진 댐 중에서 가장 큰 다목적 댐입니다. 다목적 댐은 사람들이 먹는 물을 공급하고 전력 생산과 함께 홍수도 조절하는 여러 가지 역할을 합니다.

“그래? 알려줘서 고마워. 사람들에게는 이로운 댐일지

모르지만 우리처럼 물에서 사는 동물들에게는 위험한 댐이기도 하네. 그렇지?"

"좋은 면이 있으면 나쁜 면도 있는 거야. 그렇다고 여기서 절망하면 안 돼. 다른 방법이 있을 거야."

"어떻게 가야 하지?"

남생이와 수달은 고민에 빠졌습니다.

"글쎄, 나도 숲에서만 살아서 물길은 잘 모르겠어. 내가 친구에게 물어볼까?"

"그럴 수 있겠어?"

"기다려봐. 내가 물길을 잘 아는 친구를 찾아볼게."

다람쥐는 쪼르륵 어디론가 급히 갔습니다. 남생이와 수달은 건널 수 없는 댐의 높이를 상상하면서 한숨을 내쉬었습니다.

한참을 기다려도 다람쥐가 오지 않자 남생이와 수달은 '별일 없겠지' 하는 생각으로 다시 길을 떠났습니다.

"아직까지 별 다른 일이 없는 걸 보니까 댐이라는 것이 그렇게 위험한 것이 아닐지도 몰라."

수달이 말했습니다.

"죽을 수도 있다고 다람쥐가 말했잖아. 우리가 아직 위험한 곳을 지나가지 않아서 그럴 거야. 언제든 조심해야 해."

"그래, 조심해서 나쁠 건 없지. 남생이야, 너는 내 등에 타고 있어. 혹시 위험한 상황에 처하게 돼도 절대로 내 등에서 내리면 안 돼, 알았지?"

"응, 알았어. 조심해서 가자."

수달과 남생이는 조심조심 헤엄쳐 갔습니다. 그런데 어느 순간 물살이 갑자기 빨라지는 것이 느껴졌습니다.

"어? 물살이 빨라지고 있어. 헤엄을 잘 칠 수가 없네."

수달이 놀라서 말했습니다.

"드디어 댐에 가까워지나 보다. 수달아, 당황하지 말고 방향을 틀어봐. 오던 길로 다시 돌아가자."

남생이의 말대로 수달은 방향을 바꾸려고 애썼습니다. 하지만 물살이 너무 세서 마음대로 몸을 움직일 수가 없었습니다.

어느 순간, 쿠르릉, 쿠르르릉 하는 무서운 소리가 들려왔습니다. 댐에서 나는 소리였습니다. 그 소리는 천둥소리

보다 더 크게 들려왔습니다. 소리만 들어도 무서움이 일어 몸이 떨렸습니다.

"수달아, 저곳이 바로 다람쥐가 말한 댐이라는 곳인가 봐. 물살이 점점 빨라지고 있어. 어떡하지?"

"그러게. 큰일이야. 내 몸에서 자꾸 힘이 빠져 나가고 있어. 헉헉!"

수달이 힘에 겨운 듯 신음 소리를 냈습니다. 헤엄치려는 수달의 노력과는 달리 수달의 몸은 빠른 물살에 자꾸자꾸 밀려갔습니다.

"어떡해, 수달아. 기운 내."

남생이도 수달을 도울 수 없어 발만 동동 굴렀습니다.

"남생이야, 너는 절대로 내 등에서 움직이면 안 돼. 떨어지면 그대로 물살에 떠내려 갈 거야."

목숨이 위태로운 상황에서도 수달은 남생이를 걱정했습니다. 쿠르릉 쿠르릉 소리가 점점 더 가까이 들려 왔습니다. 수달은 이제 헤엄도 치지 못하고 점점 빨라지는 물살에 떠내려가고만 있었습니다. 이대로 가다간 곧 죽을 것만 같았습니다.

남생이는 두 눈을 꼭 감고 수달을 살려 달라고 기도했습니다. 자신은 죽더라도 수달만은 꼭 살리고 싶었습니다. 수달은 너무도 좋은 친구였습니다. 자기가 여행을 가자고 해서 따라온 수달이 죽는다는 것은 상상하기도 싫었습니다.

영차 영차
영차
영차

수달과 남생이는 이제 정신도 혼미해졌습니다. 더욱 빨라지는 물살에 휩쓸려 가면서 점점 의식을 잃어가고 있었습니다.

그때였습니다. 누군가 수달의 머리를 콕콕 찍었습니다. 수달이 알아차리지 못하자 자꾸만 콕콕 찍었습니다. 남생이의 머리도 콕콕 찍었습니다.

"얘들아, 정신 차려. 얼른 눈을 떠."

"정신을 잃으면 죽어. 정신 차려야 해."

자꾸만 떠드는 소리에 남생이가 간신히 눈을 떴습니다. 그러자 놀라운 광경이 펼쳐졌습니다. 여러 마리의 새가 수달과 자신의 머리를 부리로 콕콕 찍고 있는 것이었습니다.

"얘들아, 정신 차리고 얼른 이 줄을 잡아. 빨리. 안 그러면 물살에 휩쓸려 죽을 거야."

수달도 정신을 차렸습니다. 그 중의 새 한 마리가 발톱으로 움켜쥐고 있던 덩굴을 수달 앞으로 떨어뜨렸습니다.

"너희들 어서 이 덩굴을 잡아. 그리고 절대로 놓으면 안 돼, 알았지?"

수달이 정신을 차리고 두 손으로 덩굴을 꼭 잡았습니다. 남생이도 덩굴을 꼭 잡았습니다. 그러자 공중에서 새들이 덩굴을 꽉 움켜쥐고 물살 반대 방향으로 날기 시작했습니다.

새들은 영차, 영차 힘을 합쳐 덩굴을 잡아 당겼습니다. 공중에서 날아가다가 그 모습을 본 새들도 놀라서 날아와 덩굴 당기는 것을 도왔습니다.

"영차, 영차. 조금만 더 가면 돼. 얘들아, 친구들을 위해 힘을 내자."

앞에 선 새가 소리 쳤습니다. 그러자 뒤에서 덩굴을 끌고 가던 새들이 큰 소리로 "영차, 영차" 외쳤습니다.

그렇게 얼마를 갔을까요?

수달과 남생이는 드디어 빠른 물살의 소용돌이에서 빠져나올 수 있었습니다. 수달은 기운을 내어 헤엄쳤습니다. 그제서야 새들도 안심을 하고 덩굴을 놓았습니다.

"얘들아, 괜찮니? 너희들이 죽는 줄 알고 얼마나 가슴을 졸였는지 몰라. 큰일 날 뻔했잖아."

어디선가 다람쥐가 쪼르륵 달려왔습니다. 다람쥐의 눈에는 눈물이 그렁그렁 맺혔습니다. 수달과 남생이는 말할 기운도 없어서 그저 다람쥐를 바라보며 눈만 껌벅거렸습니다.

수달과 남생이는 강기슭에 도착했지만 기운이 모두 빠져나가 헉헉 대면서 쓰러졌습니다.

"너희들이 돌아와서 정말 다행이야. 친구들아, 수달과 남생이를 살려줘서 정말 고마워."

다람쥐가 나무 위에 앉아 있는 새들에게 감사의 말을 했습니다. 새들이 고개를 끄덕였습니다.

한참이 지나자 그제야 정신을 차린 수달이 말했습니다.

"아참, 다람쥐야. 새들이 우리를 살려줬는데, 인사도 못 했네. 새들이 모두 어디 갔지? 얘들아, 어디 있니?"

"고마운 새들아, 어디 있니?"

남생이와 수달이 애타게 새들을 불렀습니다.

그러자 나뭇가지에서 남생이와 수달을 지켜보던 새들이 주위로 날아와 앉았습니다.

"얘들아, 너무 고맙다. 너희들이 아니었으면 나와 남생이는 죽었을 거야."

"그래, 너희들이 생명의 은인이야. 정말 고마워."

수달과 남생이가 진심으로 고마워했습니다.

"다람쥐가 너희들을 도와달라고 우리를 찾아왔어. 그런데 강가로 가보니까 너희들은 이미 떠났더라고. 그래서 친구들과 함께 찾으러 갔던 거야."

"다람쥐야, 정말 고맙다. 네가 우리를 살렸어."

"친구로서 당연히 해야 할 일을 했을 뿐이야. 물길을 아는 새를 찾느라 좀 오래 걸렸어. 너희들이 기다리고 있는 곳으로 갔더니 너희들이 없더라고. 그래서 친구들을 모아 함께 찾은 거야. 다행이지 뭐야, 너희들을 다시 볼 수 있으니!"

다람쥐가 그렁그렁한 눈물을 쓱 닦았습니다.

"정말 고마워, 다람쥐야."

수달과 남생이도 눈물을 닦았습니다. 아름다운 우정에 새들이 박수를 쳤습니다.

"참, 얘들아, 인사해. 너희들을 구한 새는 깝작도요라고 해."

수달과 남생이는 그제야 자신들을 구해준 새들을 자세히 보았습니다. 깝작도요는 허리와 꼬리의 등 쪽은 갈색이었습니다. 바깥꼬리깃과 배는 흰색 털로 뒤덮였는데 아주 예

뻤습니다. 깝작도요는 머리와 꼬리를 까딱까딱 흔들며 남생이와 수달에게 인사했습니다.

"반가워, 얘들아."

"깝작도요야, 너희들에게 은혜를 어떻게 갚아야 할지 모르겠어."

수달과 남생이가 진심으로 고마워했습니다.

"우리는 너희들이 살아준 것만 해도 고마워. 우린 친구잖아."

깝작도요들이 합창하듯 말했습니다. 정말 좋은 친구들입니다.

"얘들아, 너희들 여행 중이라고?"

깝작도요가 물었습니다.

"응, 그런데 저 댐이 물길을 막고 있어서 더 이상 갈 수 없나봐."

"아니야, 다른 길로 돌아가면 남한강 끝까지 갈 수 있어."

"깝작도요야, 너는 다른 길을 아니?"

"그럼, 걱정 말고 쉬고 있어. 내가 데려다 줄게."

깝작도요가 자신 있게 말했습니다. 남생이와 수달은 다람쥐가 준 맛있는 음식을 먹고 충분히 쉬었습니다.

"이제 충분히 휴식을 취한 것 같으니까 슬슬 떠나 볼까?"

수달이 기지개를 켰습니다. 몸이 다시 회복되니 기운이 솟았습니다.

수달과 남생이가 다람쥐에게 작별 인사를 했습니다.

"다람쥐야, 너무 고마워. 돌아오는 길에 꼭 만나자."

"그래, 재미있는 여행 이야기 많이 들려줘."

다람쥐가 손을 흔들었습니다. 수달은 남생이를 등에 태우고 물속으로 들어갔습니다.

"너희들은 나만 따라와."

남생이와 수달은 다람쥐와 아쉬운 이별을 하고 깝작도요를 따라 갔습니다.

"애들아, 내가 아주 멋진 곳을 아는데 이야기해줄까? 이곳에서 제천으로 가면 의림지라는 아주 커다란 저수지가 있어."

깝작도요는 낮게 날면서 남생이와 수달에게 의림지 이야

기를 해주었습니다.

"옛날에 부잣집이 있었는데, 주인이 무척 탐욕스러웠어. 어느 날 스님이 와서 시주를 청하니까 탐욕스럽고 심술 사나운 집주인이 쌀 대신 똥거름 한 삽을 스님에게 퍼 준 거야. 참 나쁘지? 그것을 본 며느리가 얼른 쌀을 한 바가지 퍼서 시아버지 몰래 스님에게 주며 시아버지의 잘못을 빌었대. 그러자 스님이, '조금 있으면 천둥과 비바람이 칠 터이니 빨리 산속으로 피하고 뒤돌아보지 마라.'라고 하면서 며느리의 등을 떠밀었어. 그런데 정말 조금 있다 천둥과 벼락이 치면서 소나기가 내리는 거야. 집에 있는 아이들이 걱정 된 며느리가 스님의 말을 까먹고 뒤를 돌아다보았지 뭐야. 그 순간 며느리의 몸이 돌로 변하고 말았어. 집이 있던 자리는 땅속으로 꺼져 버렸는데 그곳에 순식간에 물이 고여 지금의 의림지가 되었다는 거야. 어때, 재밌지?"

"정말 재밌는 이야기네. 너는 어쩜 그렇게 재밌는 이야기를 알고 있니?"

"사람들이 하는 이야기를 들었지. 돌이 된 며느리 바위는 제비바위라고 불러. 어? 이야기하다 보니 벌써 다 왔네. 자, 이제 충주댐은 걱정 말고 이 물길을 쭈욱 따라가면 돼."

"정말? 고마워, 깝작도요야."

"나도 물길 따라 여행을 자주 다니니까 다시 또 만날 수 있을 거야. 어쨌든 즐겁게 여행해."

"그래, 꼭 다시 만나자. 안녕."

남생이와 수달을 구해주고, 의림지 이야기를 재미있게 해준 깝작도요가 떠났습니다. 남생이와 수달은 깝작도요가 알려준 물길을 따라 또다시 여행을 떠났습니다.

청풍문화재단지

청풍은 자연경관이 아름답고 문물이 번성했던 곳으로 많은 문화유적이 있었으나 충주댐 건설로 청풍면에 있던 많은 문화재가 수몰될 위기에 처했었다. 수몰 지역의 문화재를 충청북도에서 1983년부터 원형대로 옮겨와 단지를 조성했다.

단지에는 관아, 향교, 민가, 석상 등 53점의 문화재가 있으며 4채의 민가에는 옛 생활용품 1,600여 점이 전시되어 있다. 고려 때 관아의 연회 장소로 쓰이던 한벽루(보물 제528호)와 석조여래입상(보물 제546호) 등 2점의 보물이 있다. 조선 시대 청풍부 아문인 금남루(충북 유형 문화재 제20호), 청풍부를 드나들던 관문인 팔영루(충북 유형 문화재 제35호), 응청각(충북 유형 문화

• 제천 청풍 팔영루(충청북도 유형 문화재 제35호)

• 석조여래입상(좌), 제천 청풍 금남루(우)

재 제90호), 청풍향교(충북 유형 문화재 제64호) 등과 옛 도호부 시대의 부사나 군수의 송덕비, 선정비, 열녀문, 공덕비 등 석물이 있다.

충주댐

충주댐은 우리나라에서 가장 규모가 큰 콘크리트 댐이다. 댐 건설로 61개 마을이 물에 잠겼으며 약 50,000명의 주민들이 이주했다. 충주댐 건설로 많은 지역이 수몰되었으나 충주에서 단양에 이르는 충주호가 형성되어 관광객들이 많이 찾는 장소가 되었다.

충주댐은 소양강 댐에 이어 두 번째로 많은 물을 가둘 수 있으며, 전기를 생산하고 생활용수와 농업용수, 공업용수를 공급하며 홍수를 조절하는 다목적 댐이다.

•충주댐

의림지

의림지는 1,400년 전에 지어진 큰 저수지이다. 주변에는 소나무와 수양버들이 늘어섰고 경호루·와소정·의림정·영호정·용폭포·임폭정·홍류정·청폭정·후선정 터가 있는 경치가 아주 멋진 곳이다.

• 의림지

우륵과 신립 장군의 탄금대

오대천
조양강
정선
백룡동굴
하늘벽 유리다리 (뼝대)
서강
어라연
동강
단양군
온달산성
내섬
충주댐
탄금대 (열두대)
신립 장군 조각상
달천
청풍문화재 단지
도담삼봉
충주호

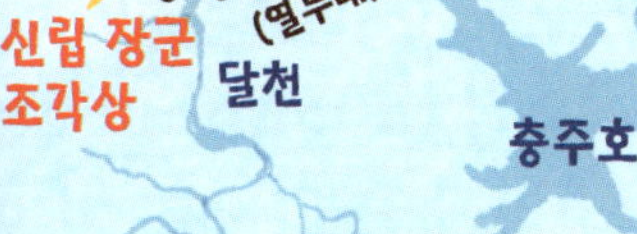

남생이와 수달은 깝작도요의 도움을 받아 충주 탄금대에 도착했습니다. 탄금대는 명승 제42호로 소나무 숲이 우거진 경치가 매우 좋은 곳입니다.

악성 우륵이 가야금을 타면서 제자들에게 노래와 가야금을 가르쳤기 때문에 탄금대라고 불립니다. 탄금대 아래의 나루터는 우륵이 제자들에게 음악을 가르치다가 쉬던 곳이라 하여 금휴포라 합니다.

"소나무 숲이 무척 멋있다. 여기가 어디지?"

남생이가 두리번거리며 감탄했습니다.

"여기는 탄금대라는 곳이야. 임진왜란 때 신립 장군이

왜적을 맞아 격전을 치른 전적지이기도 해. 저기가 열두대라는 절벽인데 탄금대에서 왜적을 맞아 싸우던 신립 장군이 뜨거워진 활시위를 식히느라 바위벼랑을 열두 번이나 오르내렸다고 해서 열두대라고도 불러. 그런데 안타깝게도 전쟁에서 진 신립 장군은 그만 이곳에서 강물에 몸을 던졌어."

"어휴, 슬픈 곳이기도 하네."

"탄금대에서 물길을 따라 내려가면 바위 절벽에 신립 장군의 얼굴을 새겼다는 창동 마애불이 있는데 나라가 큰일을 겪을 때마다 붉은 피로 물든다고 해."

충주 창동리 마애여래상

"죽어서도 나라 걱정을 하는 거구나."

"그렇지."

남생이와 수달은 신립

장군의 안타까운 죽음을 생각하면서 헤엄쳤습니다. 그런데 갑자기 수달이 남생이를 불렀습니다.

"어? 이상하다. 남생이야, 너도 여기 물을 한 번 먹어 봐."

"왜? 물맛이 이상해?"

수달의 등에 있던 남생이가 물속으로 뛰어 내려 물을 마셨습니다.

"수달아, 여긴 물맛이 조금 단 것 같아."

"그치? 좀 달지?"

"응, 물에서 단맛이 느껴져."

남생이와 수달이 도착한 곳은 속리산에서 처음 흐르기 시작한 물줄기가 탄금대 아래쪽에서 남한강과 만나는 달천이었습니다. 달천은 물이 무척 부드럽고 깨끗하면서도 단맛이 나는 곳입니다.

"아, 여기가 바로 달천이구나. 달천은 물맛이 달다고 해서 감천 또는 달래강이라고도 불러. 옛날엔 서쪽 물가를 '물개달래'라고 부를 만큼 이 강에 나와 같은 수달이 많았대."

"이곳에서 너와 같은 수달을 만날 수도 있겠네?"

"그랬으면 좋겠다. 하지만 낮에는 수달이 활동을 많이 하지 않으니까 만나기 힘들지도 몰라."

임진왜란 때 명나라에서 이여송과 같이 왔던 명장이 달천을 건너다가 목이 말라 물을 마셨는데, 명나라에서 유명한 여산의 수렴약수보다 맛있다고 감탄을 했다고 합니다. 그 이후로 단냇물, 달·냇물(달강), 달래강이라 하였다는 말도 전해집니다.

달천에서 맛있는 물을 마음껏 마시며 한참 쉬던 수달과 남생이는 이제 목계나루와 가흥창 터로 향했습니다.

가흥창은 조선 시대 남한강에서 가장 큰 창고였습니다.

• 목계나루

경상도와 충청도에서 세금으로 거둬들인 쌀과 베, 특산물을 가흥창에 모았다가 배를 이용해 서울로 운송했습니다.

강기슭에는 남한강을 오가는 배들이 아무런 사고 없이 무사하게 해달라고 용왕에게 제를 올리던 비원불이라는 제단이 남아 있습니다.

가흥창 터 앞에는 남한강 뱃길의 중심 역할을 했던 목계나루가 있습니다. 목계나루에는 쌀이나 소금 등을 실은 배가 때도 없이 드나들었다 하니 무척 번성했던 곳임을 알 수 있습니다.

"남생이야, 이곳은 줄다리기가 무척 유명해."

"줄다리기?"

"응. 목계 줄다리기는 줄의 길이가 100미터가 넘고 줄꾼이 수백 명이나 될 정도로 규모가 컸대. 동편과 서편으로 나뉘어 각각 수줄과 암줄을 준비해 깃발을 들고 강가 모래밭에서 줄을 당겼다고 하는데 구경꾼이 구름처럼 모여 들었다고 해."

"수달아, 너는 이곳을 어찌 그리 잘 알아?"

"응, 얼마 전에 동강에서 이곳으로 놀러왔던 새가 이야기해 주었지."

"그렇구나. 새들은 좋겠어. 이곳저곳을 마음대로 여행할 수 있으니 말이야."

남생이가 부러움을 가득 담아 말했습니다.

"부러워하지 마. 우리도 여행하고 있잖아."

"아참, 그렇지."

남생이와 수달은 이야기를 나누며 철새들의 천국이라는 비내섬을 지나 세물머리로 향했습니다.

우륵

가야국 사람으로 나라가 어지러워지자 가야금을 가지고 제자 이문과 함께 진흥왕 때 신라로 왔다. 왕은 그를 맞아 국원(지금의 충주)에 살게 하고 계고·만덕·법지 세 사람을 보내 그에게 배우도록 하였다.

신립 장군

신립 장군은 500명의 기병으로 1만여 명의 여진족을 토벌하여 용맹을 떨친 장수이다. 신립 장군은 임진왜란 초기 1592년에 탄금대 앞에서 달천과 남한강을 뒤로 하는 배수진을 치고 왜군과 전투를 벌였다. 하지만 전투에서 패했고, 스스로 남한강에 투신하였다. 이 전투에서 8,000여 명의 조선군 중 두서너 명만이 살아남았다고 한다.

달천

달천의 물은 조선 시대 오대산 우통수, 속리산 삼파수 등과 함께 '조선 3대 좋은 물'로 알려져 있다.

달천은 물이 맑고 깨끗한 것은 물론 주변의 경치가 아름다워서 옛날엔 학자와 문인들이 즐겨 찾았다고 한다.

• 충북 충주시 앙성면 비내섬

비내섬

충주댐 아래 충북 충주시 앙성면 비내섬은 갈대와 억새꽃으로 유명하며 계절에 따라 각종 철새가 찾아오는 철새 도래지로 남한강의 아름다운 섬이다.

남생이와 수달의 물길 여행

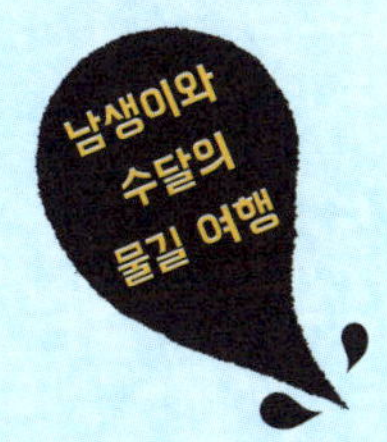

삼도와 세 물이 만나 삼합

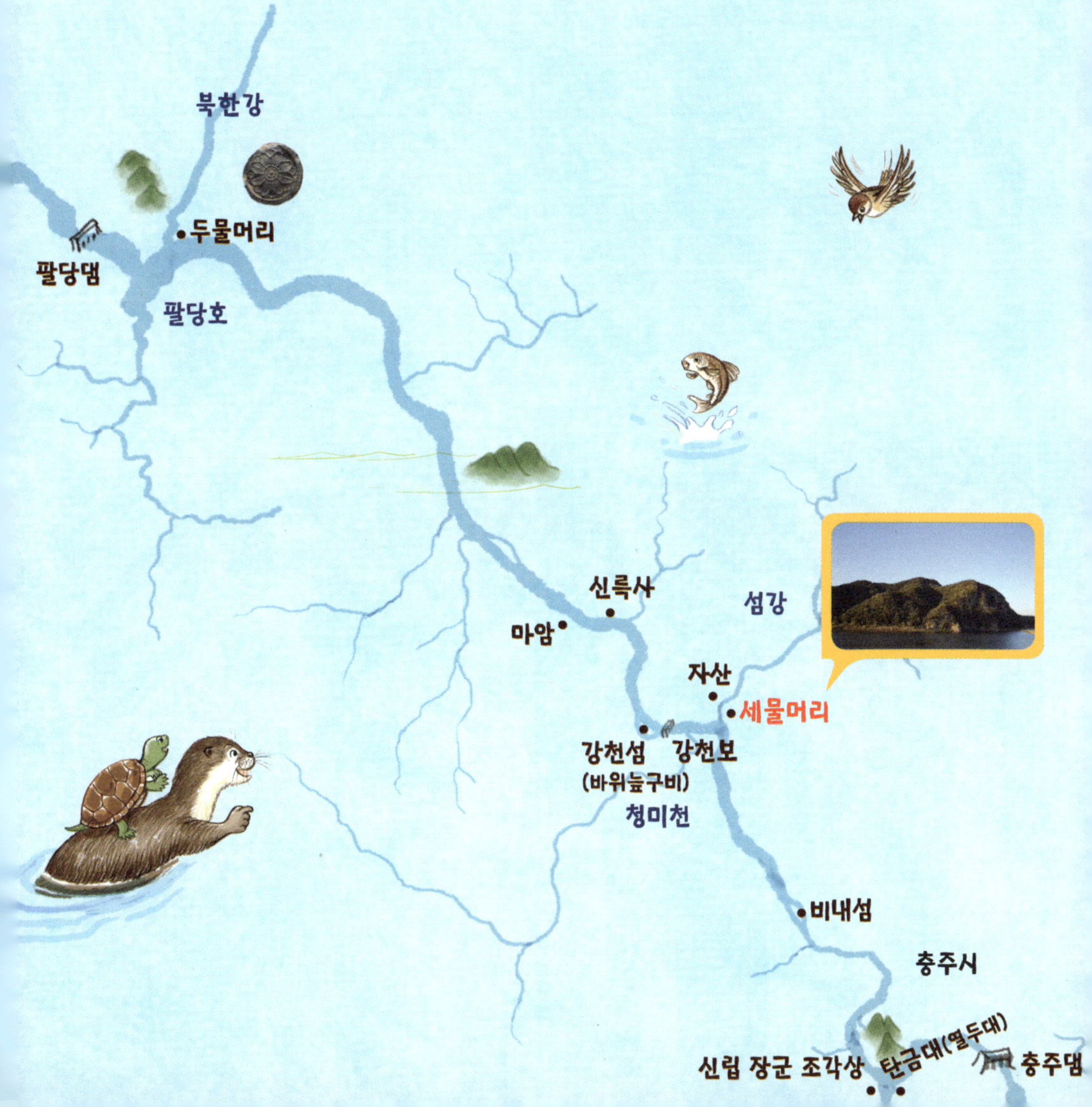
북한강
두물머리
팔당댐
팔당호
신륵사
마암
섬강
자산
세물머리
강천섬
(바위늪구비)
강천보
청미천
비내섬
충주시
신립 장군 조각상
탄금대(열두대)
충주댐

헤엄치던 남생이가 이상한 느낌이 들어 물속을 보니 누치라는 물고기가 수달과 남생이를 계속 따라 다니고 있었습니다.

"너는 왜 우리를 따라다니니?"

남생이가 헤엄치는 것을 멈추고 물었습니다.

"너는 남생이라는 걸 알겠는데, 앞에 가는 덩치 큰 재는 누구야?"

누치가 입을 뻐끔거리며 물었습니다.

"응, 재는 내 친구 수달이야. 우리는 지금 남한강 물길을 따라서 여행 중이거든."

"여행? 좋겠다."

남생이와 누치가 이야기를 나누는 것을 보고 수달도 왔습니다.

"수달아, 누치라는 물고기인데 네가 궁금해서 따라왔대."

"그러니? 반가워."

"너희들 여행 중이라고? 그러면 여기가 어디인지 알아?"

"몰라. 네가 알려주면 좋겠어."

"여기는 흥원창이라는 곳이야."

누치가 신이 나서 이야기를 시작했습니다.

흥원창은 고려 시대부터 강원도에서 거두어들인 세곡을 모아 두던 곳입니다.

흥원창

“이곳은 쌀 200석을 실을 수 있는 바닥이 평평한 평저선이 21척이나 있었대. 지금은 흔적만 남아있지만 옛날에는 무척이나 큰 창고였던 거지. 이곳에서 바라다 보이는 저 산은 자산이야.”

"강물에 비친 풍경이 참 아름답다."

남생이와 수달이 자산을 올려다보았습니다.

"저 큰 바위가 물에 비친 모습이 붉어서 자산이라고 해. 자산에는 신선들이 먹기 위해 심어놓은 복숭아나무가 있대. 눈에는 보이지 않지만 강물에 비치면 보인다는 거야. 신선의 복숭아를 따먹으면 신선이 될 수 있다고 믿는 사람들이 물에 비친 복숭아를 따 먹으려고 물속으로 뛰어 들었다가 빠져 죽었다는 전설이 있어."

그러고 보니 물속에 복숭아가 어룽거리며 보이는 듯 했습니다.

"우리, 복숭아 따 먹으러 갈까?"

수달이 장난스럽게 물속으로 잠수하자 남생이도 따라 들어갔습니다.

남생이와 수달은 누치를 따라 삼합리에 도착했습니다.

"우와, 이곳은 물이 세 군데서 합쳐지네."

수달이 신기한 듯 이쪽저쪽 물길을 따라 헤엄쳤습니다.

그 뒤를 따라 남생이도 열심히 이쪽저쪽 물길을 들락거렸습니다.

"여긴 물길이 여러 군데서 모여 드는 것 같은데, 맞니?"

수달이 누치에게 물었습니다.

"잘 아는구나. 이곳은 남한강에 청미천과 섬강의 물줄기가 합쳐져서 세물머리라고 해. 강원도 원주, 경기도 여주, 충청도 충주가 만나는 곳이라서 삼합리라고도 하지. 세 곳에서 온 물이 여기서 합쳐지고, 또 지역도 세 군데나 합쳐지는 거지. 물길과 사람 사는 곳이 세 군데나 합쳐지는 곳

세물머리

이야. 재미있지? 이곳에 창남나루터가 있었대. 원주에서 장호원으로 이동하는 소가 30마리 이상 삼합리에서 묵었을 정도로 큰 나루였다고 하더라고."

수달과 남생이가 신기하다며 누치를 따라 이쪽저쪽 헤엄치며 신나게 놀았습니다. 세 물길과 세 도에서 만나는 길목에서 놀다보니 갑자기 여행을 무척 많이 한 것 같은 느낌이 들었습니다.

"애들아, 내가 좋은 곳을 안내해 줄게."

누치는 남생이와 수달을 데리고 강천섬으로 갔습니다.

"이곳은 단양쑥부쟁이 군락지가 있는 곳이야."

"어? 단양이라면 우리가 지나왔던 곳인데?"

"맞아. 그런데 단양에서는 그런 이야기를 왜 못 들었지?"

"응, 단양쑥부쟁이는 강가의 메마른 모래땅에서 자라는 꽃이야. 단양에서 멸종 된 줄 알았는데 몇 년 전에 이곳 여주에서 살고 있는 것을 발견했어."

"잘됐다. 살던 곳을 떠났지만 이곳에서 자리를 잡았다니 다행이야."

강천섬

단양쑥부쟁이는 멸종위기식물 2급으로 보호해야 할 꽃입니다.

쑥부쟁이(위), 표범장지뱀(아래)

그때 풀숲에서 무언가 고개를 쏙 내밀었습니다.

"안녕, 나는 이곳에 사는 표범장지뱀이야. 너희들은 누구니?"

남생이와 수달이 소리 나는 곳을 쳐다보니 화려한 표범 무늬가 있는 도마뱀이 풀숲에서 고개를 내밀고 있었습니다.

"앗, 표범장지뱀이다. 얘들아, 새로운 친구를 만났네."

누치가 표범장지뱀에게 친구들을 소개했습니다.

"안녕, 얘는 남생이고, 쟤는 수달이야. 저 멀리 강원도에서부터 여행을 떠나서 이곳까지 왔대."

"그렇구나, 반가워. 나도 너희들과 친하게 지내고 싶은데 만나자 마자 헤어져야겠네."

표범장지뱀이 슬픈 표정을 지었습니다.

"아니, 왜?"

누치와 남생이, 수달이 놀라서 물었습니다.

"으응, 이곳은 원래 넓은 모래땅과 풀밭이어서 살기가 좋았거든. 우리는 모래 땅, 강변의 풀밭 등에 구멍을 파고 사는데, 너희들이 보다시피 사람들이 강을 넓히는 공사를 하면서 모래땅과 강변 풀밭이 거의 없어졌어. 모래와 풀밭이 사라지면 우리들은 살 수가 없어. 우리 가족 모두 죽을지도 몰라. 단양쑥부쟁이도 바위늪구비라는 곳에서 살다가 강을 넓히면서 이곳으로 왔는데 많이 죽었어. 단양쑥부쟁이에게도 모래땅과 맑은 강물이 필요해."

남생이와 수달은 깜짝 놀랐습니다. 주위를 둘러보니 표

범장지뱀 말처럼 강 주변에 자갈과 풀밭이 거의 없었습니다. 단양쑥부쟁이와 표범장지뱀의 슬픈 사연 때문에 남생이와 수달은 가슴이 아팠습니다.

"사실은 우리 물고기도 강기슭이 필요해. 강을 너무 깊이 파 놓은 데다 물고기가 쉴 수 있는 기슭과 물풀이 없어서 우리 물고기들도 힘들단다."

누치도 한숨을 쉬었습니다.

"너희들에게 그렇게 슬픈 사연이 있었구나. 예쁜 단양쑥부쟁이와 표범장지뱀이 사라질지 모른다니……. 그럴 순 없어."

바위늪구비

남생이와 수달이 슬픈 목소리로 말했습니다.

"얘들아, 나는 가야겠다. 모래땅이 없으니 자꾸 몸이 아파."

기운 없이 풀 속으로 사라져가는 표범장지뱀에게 누치와 남생이, 수달이 인사를 했습니다.

"표범장지뱀아, 기운 내."

친구들 모두 슬픈 한숨을 쉬었습니다. 바람도 마음이 아픈 듯 불지 않았습니다.

슬픈 마음을 달래며 누치는 남생이와 수달을 데리고 흔암리 나루에 도착했습니다. 흔암리에는 물속에 크고 흰 바위가 있어 흰바위라고 부른 데서 마을 이름이 유래되었습니다.

"이 마을에서는 원주에 있는 개치나루까지 나룻배를 끌고 가서 배를 타고 내려오는 뱃놀이를 하곤 했대. 윗마을과 아랫마을로 나뉘어서 줄다리기도 했지. 상대 마을의 새끼줄을 훔쳐서 줄을 만들었는데, 줄다리기가 끝난 후에는 액막이라고 해서 줄을 남한강 얼음 위에 놓아두면 떠내려 갔대. '흔암리쌍용거줄다리기'라고 하는데 300년 전통이야."

누치가 자랑스러운 목소리로 말했습니다. 남생이와 수달도 어쩐지 어깨가 으쓱해지는 기분이었습니다.

"얘들아, 저 위에 가면 청동기 시대의 유적인 흔암리 선사주거지가 있어. 선사주거지에서는 아주 오랜 옛날부터 농사를 지었기 때문에 화덕자리와 토기, 조, 수수, 보리, 콩 등이 발견되었어."

누치의 말에 수달이 맞장구를 쳤습니다.

"맞아. 이곳에서 발견된 벼의 화석 때문에 우리나라에서 일본으로 쌀이 건너갔다는 사실이 밝혀졌잖아."

• 흔암리 선사유적

"우와, 진짜? 대단하다."

남생이가 감탄했습니다.

"애들아, 저 산이 보이니? 저곳 산에 난 길을 아홉사리 과거길이라고 해."

"왜 아홉사리 과거길이야?"

수달이 궁금한 듯 물었습니다.

"응, 산속 오솔길이 아홉 번 굽어서 돌아간다고 해서 아홉사리야. 이곳에서 넘어지면 아홉 번을 굴러야 살아서 넘을 수 있다는 전설도 있어. 매년 9월 9일 아홉사리 고개 중에서 아홉 번째 고개에 피는 구절초를 꺾어 약을 달이면 모든 병이 낫는다는 이야기가 전해져."

누치가 남생이와 수달에게 꼭 기억해 두었다가 아프면 달여 먹으라며 웃었습니다.

남한강을 헤엄쳐 내려가던 수달과 남생이 앞에 갑자기 장애물이 나타났습니다. 사람들이 물속에 만들어 놓은 길고 거대한 강천보였습니다. 보*는 물속에 설치해서 물이

*보 : 보는 수위를 높이고 필요한 수량을 확보하기 위해 하천이나 강의 일부, 또는 전부를 가로 막아 만든 물막이 시설을 말한다. 남한강에는 4대강 사업으로 건설된 16개의 보 중에 3개가 있다.

일정한 높이로 흐르게 하는 역할을 합니다.

충주댐을 간신히 넘어 온 수달과 남생이는 갑자기 나타난 보를 보자 눈앞이 캄캄해졌습니다. 어쩔 줄 몰라 두리번거리던 수달이 물고기들의 이동을 돕기 위해 만들어 놓은 길인 어도를 발견했습니다.

수달과 남생이와 누치는 너무 높게 만들어진 어도를 넘기 위해 안간힘을 썼습니다. 간신히 보를 넘어 온 수달과

남생이와 누치는 지쳐서 바위를 붙잡고 한참을 쉬었습니다. 여주에는 보가 강천보, 여주보, 이포보 이렇게 세 개나 있습니다.

바위에서 쉬던 수달이 주위를 두리번거리다 배를 발견했습니다. 황포돛배였습니다. 여강에는 황포돛배가 느릿느릿 강물을 가르며 지나가고 있었습니다. 황포돛배는 누런 색깔의 베를 돛에 달고 바람의 힘으로 움직이는 배입니다.

"저 배는 황포돛배라고 하는 거야. 옛날에는 물건을 실

•신륵사 강월헌

어 날랐는데 지금은 사람들을 태우고 여강을 유람해."

누치의 설명에 남생이가 궁금한 목소리로 물었습니다.

"여기도 남한강인데 왜 여강이라고 불러?"

"으응, 여주 사람들은 여주를 지나가는 강을 여강이라고 불러. 애칭이지."

"여강, 이름이 참 예쁘다."

전탑

여강 이야기를 나누며 황포돛배를 따라가다 보니 강기슭에 멋진 정자가 보였습니다.

"저 정자에서 강을 내려다보면 참 아름답겠다. 그치?"

수달이 등 위에 올라앉은 남생이에게 말했습니다.

"저 정자는 강월헌이라고 하는데 고려 시대 때 유명한 스님인 나옹선사가 돌아가시자 다비식을 한 자리에 세운 거야. 그 뒤에 벽돌로 만든 전탑이 있는데 옛날에는 그 탑이 등대 역할을 했기 때문에 배를 타고 다니는 사람들이 저

탑을 바라보며 무사하기를 기원했다고 하더라고."

누치의 말에 남생이가 물었습니다.

"탑이 있다면 절이 있다는 거야?"

"그렇지. 전탑이 있는 절은 바로 신륵사야. 옛날에 말이지, 이곳에 사나운 용마가 나타나 사람들을 괴롭혔대. 그때 인당대사가 말의 고삐를 잡으니까 사납던 말이 순해졌대. 신통한 힘으로 말을 제압했다고 해서 절 이름이 신륵사래."

"재미있는 전설이네."

"여주라는 이름은 더 재밌어. 건너편에 보이는 저 바위가 바로 마암인데, 바로 저 바위에서 누런 말과 검은 말이 나왔다고 해서 황려로 부르다가 지금의 여주로 된 거야."

"이곳은 재미있는 전설이 많구나."

"여주엔 가볼 만한 곳이 많아. 조금만 더 가면 한글을 만드신 세종대왕의 왕릉인 영릉과 북벌을 계획했던 효종대왕릉도 있단다. 명성황후가 태어난 생가도 있어."

"우와, 여주엔 진짜 보물이 많이 숨겨져 있는 것 같아."

"그래. 다음엔 다른 곳을 소개시켜 줄 테니까 돌아가는 길에 다시 만나자. 나는 이제 좀 쉬어야겠어. 오래도록 헤엄쳤더니 힘이 빠졌나봐."

누치가 지친 듯 물에 둥실 떴습니다.

"고마워, 누치야. 네 덕분에 여주 구경 많이 했어."

"다른 곳도 재미있게 잘 다녀와. 또 새로운 친구를 만날 거야."

"그래. 안녕."

누치와 헤어진 남생이와 수달도 피곤했습니다.

"남생이야, 우리 이곳에서 하룻밤 자고 가자."

남생이와 수달은 마암 근처에서 깊은 잠을 잤습니다. 아주 깊고 달디 단 꿀잠이었습니다.

단양쑥부쟁이

강이나 냇가 근처의 모래땅에서 자라는 높이 40~100cm의 두해살이풀이다. 8~9월에 꽃이 피며 물의 범람으로 생육지가 자주 변하는 특성이 있다. 경기도, 충청북도 단양 등에 분포하는 한국 고유종으로 솔잎국화라고도 부르며 환경부 지정 멸종위기종 2급 식물이다.

• 단양쑥부쟁이

표범장지뱀

표범장지뱀은 멸종위기종 2급으로 보호를 받고 있는 도마뱀이다. 주로 태안 신두리와 같은 해안사구와 고산지대에서 서식한다. 특이하게 경기도 여주 남한강 일대 등 예상치 못한 내륙에서 서식하는 것이 관찰되기도 한다.

• 표범장지뱀

신륵사

•신륵사

신륵사는 강가에 세워진 유일한 사찰로 신라 진평왕 때 원효가 창건하였다고 한다. 1469년 세종대왕의 영릉을 서울에서 옮겨 오면서 왕실에서 신륵사를 영릉의 원찰로 삼을 것을 결정하고, 신륵사를 보은사라고 부르기도 하였다.

남생이와 수달의 물길 여행

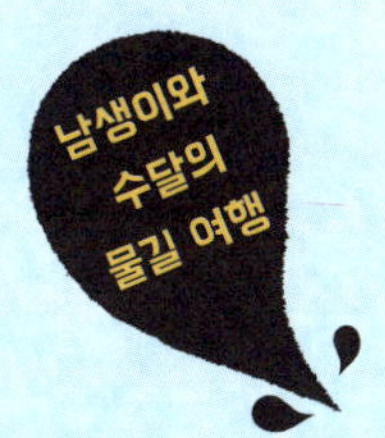

남한강과 북한강이 합쳐지는 두물머리

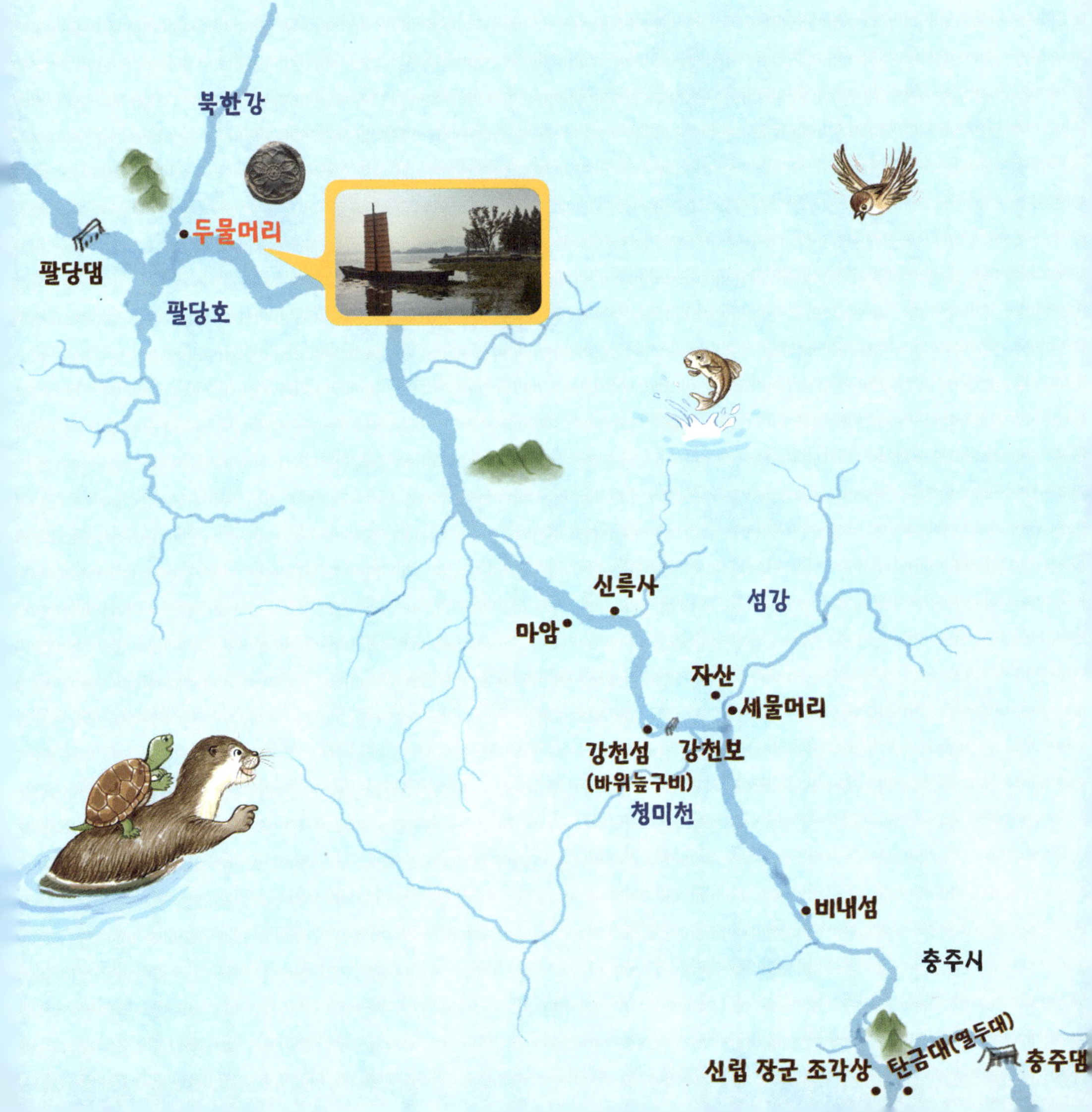
북한강
두물머리
팔당댐
팔당호
신륵사
섬강
마암
자산
세물머리
강천섬
(바위늪구비)
강천보
청미천
비내섬
충주시
신립 장군 조각상
탄금대(열두대)
충주댐

마암에서 잠을 자고 난 남생이와 수달은 신나게 헤엄쳐 두물머리에 도착했습니다.

금강산에서 흘러내린 북한강과 강원도 검룡소에서 발원한 남한강의 물이 합쳐지는 곳인 두물머리는 옛날엔 두머리라 불렀습니다. 강원도에서 물길을 따라 온 뗏목과 사람들이 물길의 종착지인 서울로 가기 전에 마지막으로 쉬던 곳이라 매우 번창했던 곳입니다.

"우와, 수달아. 강 가운데 나무 좀 봐. 어떻게 물속에서 나무가 자랄 수 있지?"

남생이가 누워서 하늘을 올려다보고 있던 수달의 허리를

두물머리

톡톡 쳤습니다. 수달이 바라보니 정말 넓은 강 한 가운데 커다란 나무가 자라고 있었습니다. 강에는 물안개가 퍼져 있어 신비스럽기까지 했습니다.

"정말 신기하고 너무 아름답다. 여기가 어디지?"

"어딘지 궁금하다. 어디 물어 볼 친구가 없나?"

그때 어디선가 깍깍 소리가 들렸습니다. 바로 강 가운데 있는 나무에 앉아있던 까치였습니다. 수달은 나무 가까이 가서 까치를 불렀습니다. 수달의 목소리를 듣고 까치가 고개를 갸웃 거렸습니다.

•400년 된 느티나무

"까치야, 우리는 남한강을 여행 중이야. 그런데 아름다운 여기가 어딘지 너무 궁금하단다. 이곳에 대해 너는 알고 있니?"

"그럼, 나는 이곳에 살고 있기 때문에 너무 잘 알지. 이곳은 남한강과 북한강 두 물줄기가 만나 합쳐져 하나의 강이 된 곳이야. 그래서 두물머리라고 해."

"우와, 우린 어제 세물머리를 지나왔는데 이곳은 두물머리라니, 정말 신기하다."

"저기 있는 나무 보이지? 400년 된 느티나무야. 세 그루의 느티나무가 마치 한 그루처럼 보이지 않니? 두물머리의 자랑거리지. 이곳은 일교차가 심해. 지금도 물안개가 보이지? 새벽에 물안개가 피어오르면 너무나 신비하고 아름다워서 사람들이 사진이나 드라마 촬영하러 무척 많이 찾아

온단다. 어느 땐 사람들이 너무 많이 찾아와서 내가 다 피곤할 정도야."

까치가 잘난 척이 섞인 말투로 말했습니다.

"그렇겠다. 그럴 때 너는 딴 곳으로 가서 쉬는 거야?"

"아니, 느티나무에 앉아서 사람들 구경하지. 그것도 참 재밌어."

"사람들은 이곳 풍경을 보러 오고, 너는 사람들을 구경하고 정말 재미있겠다."

남생이와 수달이 큭큭거리며 웃었습니다.

"가끔 수종사에도 가곤 하는데, 수종사에서 보면 두물머리의 전경이 모두 내려다보여."

"수종사는 어디야?"

"두물머리에서 조금만 더 가면 운길산이 있는데 그 중턱에 수종사라는 절이 있어."

"넌 참 좋겠구나. 산과 강 어느 곳이나 여행할 수 있어서."

"부러워하지 마. 내가 이야기해 줄게. 옛날에 부스럼을 앓던 세조가 오대산 상원사에서 문수보살을 만나 깨끗이

•500년 된 은행나무

낫고 궁으로 가는 길이었는데 운길산에서 종소리가 들려오더래. 신하보고 알아보라고 했더니, 절터 암굴 속에 18나한상이 있더래. 그런데 천장에서 물방울 떨어지는 소리가 꼭 종소리 같은 거야. 그래서 세조가 그 자리에 절을 복원하고 수종사라고 이름 지었대. 수종사에는 500년 된 은행나무가 있는데 세조가 하사한 거래."

"우와, 너는 어떻게 그런 걸 다 아니?"

"내가 좀 똑똑하거든."

까치가 잘난 척을 하며 말했습니다.

한강의 절경인 두물머리가 한 눈에 내려다보이는 수종사에는 보물 제1808호인 팔각오층석탑이 있습니다.

"얘들아, 내가 한 가지 더 알려줄까? 여기서 조금 더 내려가면 팔당댐이 있어."

“팔당댐? 우리 여기 오다가 충주댐에서 죽을 뻔 했는데……. 팔당댐도 충주댐 같은 거야?”

“비슷해. 팔당댐도 다목적댐이야. 서울과 근교 수도권에 물을 공급하고, 공업용 물과 농사에 필요한 물은 물론 전기도 만들어내. 홍수 조절도 하지.”

“그렇구나.”

“가자. 내가 보여줄게. 따라 와.”

까치가 날개를 펴며 날았습니다. 수달과 남생이는 겁이 나긴 했지만 용기를 냈습니다. 수달이 남생이를 등 뒤에 태우고 까치를 따라 갔습니다. 얼마 후 아주 넓은 호수가 나타났습니다. 바로 팔당호였습니다.

수종사

•수종사

수종사는 북한강과 남한강이 만나는 두물머리를 운길산 중턱에서 내려다보고 있다.
1458년 세조가 금강산을 유람하고 돌아올 때 밤이 되어 두물머리에서 하룻밤을 묵게 되었는데, 어디선가 은은한 종소리가 들려와 다음 날 찾아보니 바위굴에서 물방울이 떨어지는 소리가 종소리처럼 들렸다고 해서 수종사라 불렀다고 한다.
수종사는 명승 제109호이며, 보물 제259호인 수종사부도내유물이 있다.

•수종사에서 내려다본 전경

남생이와 수달의 물길 여행

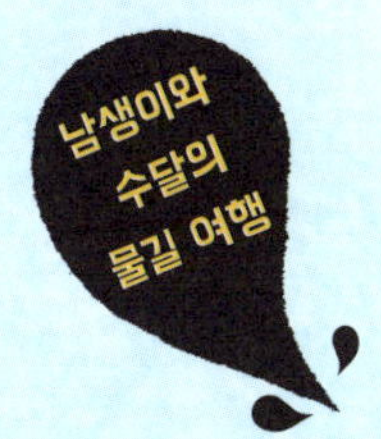

사람들이 마시는 물, 팔당댐

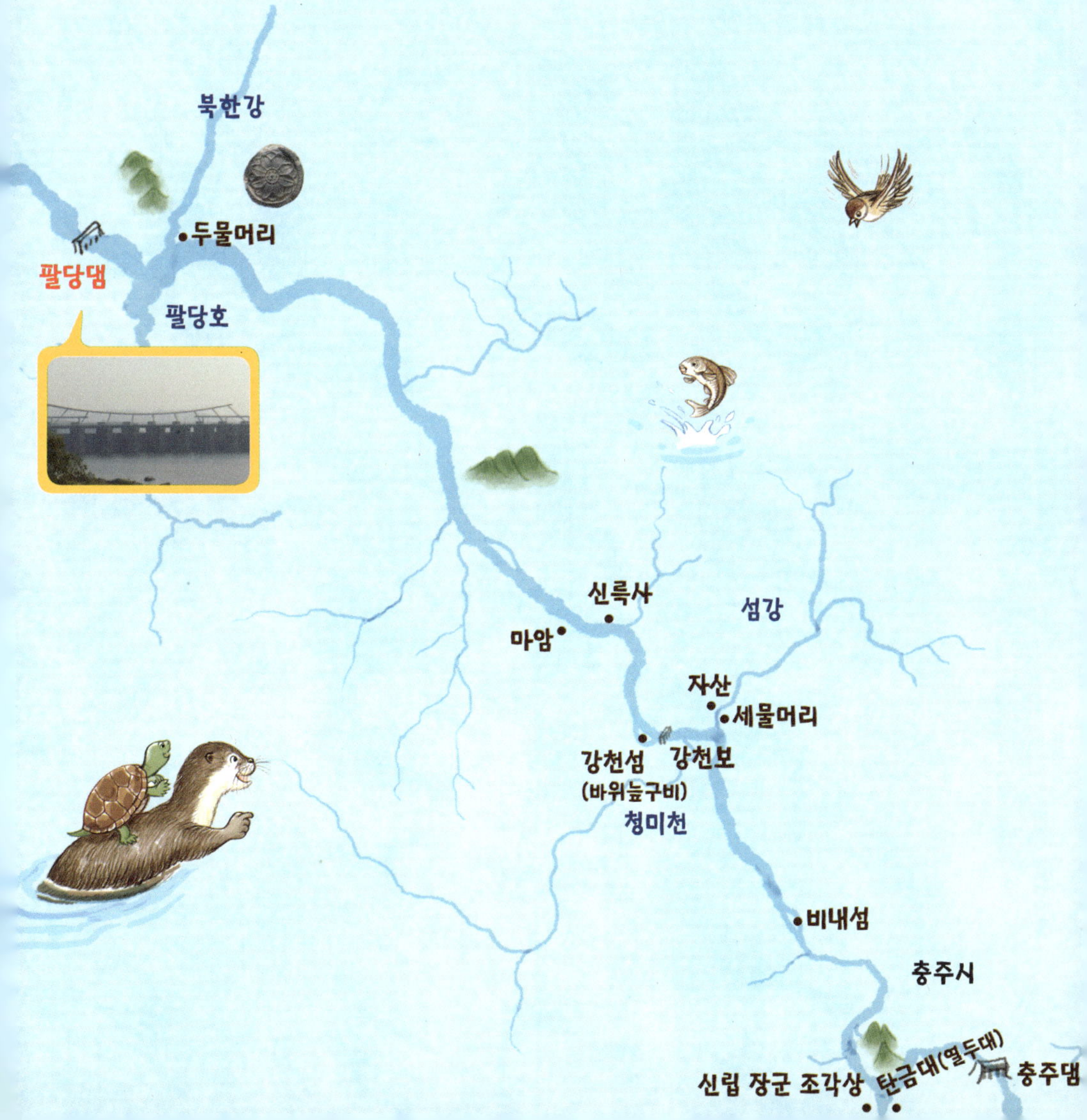
북한강
두물머리
팔당댐
팔당호
신륵사
마암
섬강
자산
세물머리
강천섬
강천보
(바위늪구비)
청미천
비내섬
충주시
신립 장군 조각상
탄금대(열두대)
충주댐

"여기는 팔당호야. 바로 이곳에 팔당댐이 있지."

넓은 팔당호 주변에는 각종 나무와 꽃들이 장관을 이루고 있었습니다. 저 멀리 보이는 팔당댐도 아주 크고 수문도 많은 것이 보기만 해도 놀라웠습니다.

"주변 경치가 아주 멋있구나. 남한강은 정말 멋지고 아름다운 강이야. 그렇지?"

남생이와 수달이 감탄하며 동시에 말했습니다.

"옛날 호수 주변에 당집이 여덟 군데 있었다고 해서 팔당이라고 하기도 하고, 한강변에 넓은 나루가 있었는데 바다나루, 바대이, 바당이라고 하다가 팔당이라 부르게 되었

• 팔당호

다는 말도 있어."

"까치야, 넌 정말 모르는 게 없구나."

수달과 남생이가 진심으로 말했습니다.

"그렇게 말해주니 기분이 좋은 걸. 팔당댐의 물은 물건을 만드는 공장에서 필요하기도 하지만 그보다는 사람들이 마시는 물이기 때문에 항상 맑아야 해. 그래서 상수원 보호구역으로 지정해 놓았어."

"사람들이 마시는 물이라면 이곳에서 낚시나 물놀이를 하면 안 되겠네?"

“그렇지. 사람들이 마시는 물인데 더럽히면 안 되잖아. 공장이나 농장에서 나오는 더러운 물, 오염물질, 농약, 쓰레기를 버리는 행위 등등은 물을 더럽히기 때문에 절대 하면 안 되는 거야.”

“까치 말이 맞아. 우리도 더러운 물은 마시고 싶지 않아. 잘 못 마시면 죽을지도 몰라.”

“맞아. 환경이 깨끗해야 물도 깨끗해지는 거야. 우리와 사람들이 마실 수 있는 깨끗한 물은 오래도록 보전해야지. 안 그래?”

“맞아, 맞아.”

남생이와 수달이 손뼉을 치며 맞장구를 쳤습니다.

“얘들아, 남한강은 이제 여기가 끝이야.”

“남한강이 팔당댐에서 끝이라고?”

“그래. 여기서 남한강은 서해로 흘러가지. 너희들은 바다로 갈 수 없잖아.”

“그렇구나. 그럼 이제 다시 우리가 살던 곳으로 가야겠다.”

“아참, 너희들은 어디서 왔니?”

“응, 나는 강이 시작되는 아우라지에서 왔고 수달은 그

아래 동강에서 왔어."

"정말? 언젠가 꼭 가보려고 벼르던 곳인데. 잘됐다, 얘들아. 나도 너희들 따라서 아우라지까지 여행할래."

"그래? 같이 여행할 친구가 생겼네. 우리 여기서 조금만 쉬었다가 출발하자."

"그래, 잘난 척한 내 말을 끝까지 들어줘서 고마워. 너희들은 참 좋은 친구야."

까치가 진심으로 말했습니다.

"까치야, 너도 참 좋은 친구야. 우리들에게 친절하게 길안내도 해주고 설명도 해주었잖아. 나와 수달은 여행하면서 좋은 친구들을 정말 많이 만났어. 모두들 우리들에게 길을 안내해주고 기운을 북돋아 주었단다."

남생이가 친구들을 생각하면서 말했습니다. 그러고 보니 남한강을 여행하면서 만났던 친구들도 보고 싶고 아우라지 아가씨도 몹시 보고 싶었습니다. 아우라지 아가씨를 만나면 해줄 이야기도 무척 많았습니다.

"다시 고향으로 가다보면 우리가 만났던 그 친구들을 다시 볼 수 있을 거야. 나도 그 친구들이 보고 싶어."

수달도 친구들이 그리워졌습니다. 어서 빨리 고향으로 돌아가서 여행에서 보고 들은 것을 친구들에게 이야기해 주고 싶었습니다.

남한강의 끝인 팔당댐까지 돌아본 남생이와 수달은 까치와 함께 그늘에서 쉬었습니다. 수달과 남생이는 까치에게 그동안 만났던 친구들의 이야기를 해 주었습니다.

"너희들이 만났다던 친구들을 나도 꼭 만나고 싶어."

까치가 간절한 마음을 담아 말했습니다.

바람이 살랑거리며 물결을 흔들었습니다. 쉬고 있던 수달과 남생이가 몸을 일으켰습니다. 바람이 이번에는 살랑살랑 나무 잎사귀를 흔들었습니다. 나무 위에 있던 까치가 깍깍거리며 남생이와 수달을 재촉했습니다. 남생이와 수달은 까치의 성화에 못 이기는 척 슬슬 헤엄쳤습니다.

수달은 몸집이 작은 남생이를 자신의 등 뒤에 올렸습니다. 그러자 까치도 슬그머니 수달의 등에 탔습니다.

"수달아, 어서 가자. 깍깍."

수달의 등에 올라 탄 까치가 재촉하자 장난기가 동한 수달이 갑자기 몸을 확 뒤집었습니다. 남생이는 언제나 그렇듯 미끄러지듯 물속으로 들어갔습니다. 그렇지만 수달의 등 뒤에서 안심하고 있던 까치는 너무 놀라 그만 물 위로 떨어지고 말았습니다.

허푸푸 허푸푸 놀란 까치가 허우적대며 물을 차고 올라갔습니다. 그 모습을 본 수달과 남생이가 하하 웃었습니다.

"까치야, 미안해. 장난한 거야. 어서 등 위에 올라 타."

"흥! 싫다, 싫어. 나는 날아갈래. 너희들보다 빨리 갈 수 있어."

"그러지 말고 재미있는 이야기하면서 같이 가자."

수달과 남생이가 까치에게 동시에 말했습니다. 그러자 까치가 못 이기는 척 슬그머니 수달의 등 뒤에 올라탔습니다. 남생이가 까치의 깃털을 슬쩍 건드렸습니다. 그러자 까치가 기분 좋은 듯 깍깍 거렸습니다.

남생이와 수달과 까치는 팔당댐에서 아우라지까지 새로운 여행을 시작했습니다.

팔당댐

팔당댐은 남한강과 북한강이 만나는 두물머리 아래에 건설된 다목적댐으로 서울특별시와 인천광역시, 경기도 일부 지역 등 수도권의 2,500만 주민에게 먹는 물을 공급하는 매우 중요한 댐이다.

• 팔당댐

북한강
두물머리
팔당댐
팔당호
신륵사
마암
섬강
자산
세물머리
강천섬(바위늪구비)
강천보
청미천
비내섬
충주시
탄금대
(열두대)
신립 장군 조각상
달천
충주호
남한강
물길 지도

송천
오대천
아우라지
처녀상
아우라지
나루터
골지천
조양강
고성리 산성
정선
백룡동굴
하늘벽유리다리(뼝대)
어라연
검룡소
서강
동강
단양군
온달산성
청풍문화재 단지
도담삼봉